# 十津川警部　小浜線に椿咲く頃、貴女は死んだ／目次

# 十津川警部　小浜線に椿咲く頃、貴女は死んだ

# 第一章　京都の夜

## 1

五月九日、直子《なおこ》は、一通の招待状を受け取った。

私たち京都K女子大の同窓生五人組の一人、金井富美《かないふみ》さんが、このたび、『京都藤の花賞』をもらいました。

「十津川《とつがわ》直子様

私は、この『京都藤の花賞』というのが、どんな賞であるのかを、全く知らなかったのですが、調べてみると、日本画の賞としては、大変に権威のある賞だと分かりました。彼女が京都K女子大を卒業した後、改めて京都美術大学に入り直し、日本画を習い、研鑽《けんさん》していた甲斐《かい》があったのだと思っています。

この際、彼女の受賞をお祝いするとともに、久しぶりに五人で集まって、同窓会を楽しみませんか?

日時　五月二十五日　午後一時より

会場　京都Tホテル　レストランA」

差出人は、花村亜紀《はなむらあき》である。招待状と一緒に、五人の仲間が、一緒に写った写真が、同封されていた。

直子は、東京の生まれだが、なぜか京都に憧《あこが》れていて、最初、東京の大学に入ったが、途中で退学し、改めて、京都のK女子大に入り直している。

その京都K女子大にいる時、美女を自認する五人の女性が、グループを作った。その中の一人である金井富美は、たしか、父親が日本画の画家で、京都K女子大を、卒業した後、改めて京都の美術大学に入り、日本画を勉強していたということは、直子も知っていた。

もう一度、同封されていた写真に目をやった。

京都K女子大を卒業する直前に、写した写真である。

写っているのは、十津川直子、金井富美、花村亜紀、後藤久美《ごとうくみ》、そして、三原敏子《みはらとしこ》の五人である。

　金井富美は、今回、日本画で、賞をもらったが、昔から椿《つばき》の花が好きで、仲間たちから「椿の君」と呼ばれていた。

　花村亜紀はいちばんの世話好きで、昔からよく幹事役を引き受けてきた。今回、直子に招待状を送ってきたのも、その花村亜紀である。

　後藤久美は、五人の中ではいちばんの美人で、芸能界にでも入るのかと思っていたが、卒業と同時に、結婚してしまった。

　最後の三原敏子は、独身で、輸入販売会社を、起業したと聞いたが、それが、どんな仕事なのかまでは、直子は、知らなかった。

　翌週の五月十五日、三原敏子から、電話が入った。

「今、インドネシア」

　と、敏子が、いきなりいう。

「インドネシアへ、どんな仕事で行っているの？」

　直子が、きいた。

「私ね、会社を、立ち上げた時には、あなたたちに、祝ってもらったけど、今でも頑張って、家具の輸入販売の仕事を、やっているの。タイやベトナムなど、東南アジアの国々に、よく買い付けに行っているのよ。それで、今回は、インドネシアに、少しばかり変わった家具を、仕入れようと思って、来ているの。ところで、花村亜紀からの電話で、例の招待状の話を聞いたんだけど、出席するかどうか、まだ返事はしていないの。あなたはどうするの？」

「そうね、久しぶりに、みんなと、会いたいから、何とか、都合をつけて行くつもりだけど」

「じゃあ、私も出席するわ。五月二十四日に、こちらの仕事を終えて、帰国するんだけど、成田に、着くことになっていて、それで、どうかしら、一日早いけれども、前日の、二十四日に、京都に、一緒に行かない？」

と、敏子が、誘った。

前日の二十四日に、京都に着いたら、その足で、大阪にいる叔母《おば》を、久しぶりに、訪ねてみるのもいい。直子は、そう考えた。

叔母には独身時代、ずいぶんと、世話になっている。京都のK女子大に、通っている時も、大阪の叔母の家に、世話になって、そこから、通っていたのである。

「いいわ。そうしましょう」

と、直子が、いった。

「それじゃあ、二十四日の朝早く、成田に着くから、その足で、あなたのところに訪ねて行く。そのあと、一緒に、新幹線で京都に行きましょう」

## 2

直子は、五人が写っている写真を、夫の十津川に、見せて、

「自称美女軍団」

「若いね」

「そりゃそうよ。当時、全員二十代前半だもの。若いでしょう」

「みんな、今、何を、やっているの？」

「主役の金井富美は、昔、椿の君と呼ばれていたんだけど、今回、日本画で、『京都藤の花賞』という大きな賞を、もらったの。それで、招待状が来て、五月の二十五日に、久しぶりに、京都で五人が集まって、金井富美のお祝いをしようじゃないかということになっているんだけど、私としては、友だちが、迎えに来るんで、前日の五月二十四日に京都に行きたいと思っている。大阪の叔母にも、このところ、すっかり、ご無沙汰してしまっているので、せっかく、関西に行くんだから、ついでに、ちょっと、顔を出して挨拶してきたいんだけど」

　直子が、いった。

「日本画か。ウチにも、一枚くらい、絵があってもいいね」

と、十津川が、いった。

「そうね。あまり、高くないのがあったら、買ってくるわ」

「この金井富美という人だが、どうして、椿の君と、呼ばれているんだ？」

「普通は、バラだとか、ユリだとか、そういう派手な花が、好きなものでしょう？

それなのに、私たち五人は全員、椿の花が好きで、中でもこの金井富美は椿の花が大好きでよく描いていたの。それで、椿の君って呼ばれていたの。今度、受賞した日本画も、椿の花を描いたものらしいわ」

「その椿の花だが、日本が原産だということは知っている？」

十津川が、きいた。

「たしか、彼女に、聞いたことがあるわ。何でも学名は、何とか、ジャポニカっていうんでしょう？」

「カメリアジャポニカだよ」

「椿の花って、突然、音もなく花が、落ちるじゃない？　だから、昔の侍は、縁起《えんぎ》が悪いといって、椿の花を、嫌がったんですってね。そんな話を、聞いたことがあるわ」

「そういわれているが、実際は、違うらしい。江戸時代には、植木屋さんが、椿の改良に、精を出していたというし、何よりも、江戸幕府を作った徳川家康が、好きな花は、椿だったといわれている。だから、侍が、椿の花を嫌いだったというのも、明治時代に入ってから作られた話で、江戸時代は、そうでは、なかったらしいよ」

少しばかり、十津川が、うんちくを傾けて見せた。

3

直子は、出席のハガキを出した。その二日後、花村亜紀から、電話が入った。

「今、出席のハガキを、もらいました。嬉《うれ》しいわ。間違いなく、京都に、来てくれるのね？」

「久しぶりに、みんなにも、会いたいわ。私以外は、関西に住んでいるから、よく会っているんでしょう？」

「そうでもないのよ。私や後藤久美のように、結婚して、家庭を持っている人もいるし、独り者は独り者で、三原敏子みたいに、仕事で、ちょくちょく海外に行っている人もいるんで、そんなに、しょっちゅう会うというわけには、いかないのよ。だから、私も、みんなと会うのは、久しぶり」

亜紀が、いった。

「その三原敏子から、電話があったわ」

「それで、何だって？」

「彼女、今、インドネシアに、仕事に来ているけど、二十四日には帰国し、成田に着くから、一緒に、京都に行きましょうって、誘われたわ」

「それなら、彼女も、参加してくれるのね。よかったわ」

「彼女、仕事とかで、やたらに、東南アジアを飛び回っているようだけど、まだ一人なの？」

「ええ、まだ、結婚しないで、一人よ。バリバリ仕事をやっているみたいだわ。それから、後藤久美が、結婚したのは、あなたも知っているわよね？」

「ええ、知っている。彼女、大学を出てすぐ結婚したんでしょう？」

「そう。もう、子どももいるわ。たしか、小学校の五年生か、六年生だったんじゃなかったかしら？」

「あなたのほうは、どうなの？　子どもの予定はないの？」

十津川直子が、きくと、花村亜紀は、笑って、

「残念ながら、まだないわ。そういう直子だって、まだでしょう？」

「ええ、そうなの」

直子も、笑った。が、少し悔しい。

# 4

五月二十三日の昼少し前、三原敏子から電話が入った。

「インドネシアでの仕事が予定よりも早く済んじゃったんで、今日、東京に帰ってきちゃったの。今、Mホテルに、泊まっているんだけど、どう、インドネシアの空港で、おいしいワインを買ってきたから、一緒に飲みましょう」

と、敏子が、いう。

「昔から、あなたはワイン好きだったわね。私も最近、ワインが好きになって、よく飲んでいるわ」

「ホテルの一階に、おいしい中華料理のお店があるの。そのあと、そこで夕食を食べるというのは、どうかしら?」

「いいわ」

「それじゃあ、六時にこちらに来て、フロントから一八〇五号室に、電話してちょうだい。すぐロビーに降りていくから。ワインのあとに、おいしい中華料理でも食べましょうよ」

と、敏子が、いった。

直子は電話で、夫の十津川に、夕食のことを伝えてから、家を出た。

Mホテルに着くと、直子は、フロントで、一八〇五号室に泊まっている三原敏子を呼んでほしいといった。

「承知しました」

と、フロントマンが、館内電話をかける。

「お留守のようですね。電話に、お出になりません」

と、フロントマンが、いった。

直子は、腕時計に目をやった。

六時十分前である。六時という約束だったから、それまで敏子は、部屋を空《あ》けているのかもしれない。

そう思って、直子は、六時ちょうどまで待つことにした。

六時ジャストになったので、もう一度、フロントマンに、電話を頼んだ。

だが、今度も、

「お出になりませんね」

と、いう。

「一八〇五号室の三原敏子さんですよ。間違いありません？」

「ええ、一八〇五号室の三原敏子様ですね。そのお部屋に電話をしているのですが、どなたも、お出になりません。どうやら、お部屋には、いらっしゃらないみたいですね」

と、フロントマンが、いった。

仕方がないので、直子は、ロビーにある喫茶ルームで、時間を潰すことにした。コーヒーを頼み、それを飲みながら六時三十分まで待った。

もう一度、フロントに頼む。

フロントマンが、電話をする。

その後で、フロントマンは、直子を気の毒そうに見て、

「ダメですね。まだ、お出になりません。お出かけになってるんじゃありませんか？」

直子は、諦めて帰ろうとした。どうせ、明後日《あさって》の二十五日には、京都で五人が、集まるのである。

しかし、直子は、警視庁捜査一課の、十津川警部の妻である。自然に、疑問を、確かめたくなってきた。

六時にホテルに来て、フロントから声をかけてちょうだい。土産のワインを、飲んだあと、おいしい中華料理を食べに行きましょうと、三原敏子が、彼女のほうから誘ったのである。

それなのに、どうして、その時間に部屋にいないのか？

約束の時間の、三十分過ぎにも電話をしてもらったが、部屋には、帰っていないという。少しばかり、おかしいではないか？

「このホテル、部屋の鍵は、自動でしょう？」

と、直子が、フロントマンに、きいた。

「ええ、そうでございます」

「だとすると、鍵がなければ、私も、友だちのいる部屋には、入れないわね。すいませんけど、どなたか一緒に、一八〇五号室に、来てもらえないかしら？」

と、直子が、いった。

「ご心配ですか？」

と、フロントマンが、きく。

「ええ、何だか、少しばかり、心配になってきました。六時に会うと約束をしていたものですから」

と、直子が、いった。

「それなら、ルームサービスの人間を、一緒に行かせますよ、ちょっとお待ちください」

フロントマンが、いってくれた。

直子は、ユニフォーム姿の、ルームサービスの女性と一緒に、エレベーターで、十八階まで上がっていった。

一八〇五号室の前まで来て、ルームサービスが、ベルを押した。

しかし、応答がない。

「どうなさいますか？」

ルームサービスが、直子に向かって、きいた。

「ドアを、開けてください。何だか、心配になってきましたから」

と、直子が、いった。ひょっとして、急病で倒れているのかもしれないと思ったのだ。

ルームサービスが、持ってきた鍵で、ドアを開ける。

「三原さん、敏子さん」

直子は、大声で呼びながら、部屋に入っていった。

ルームサービスが、直子の後からついてくる。

ツインの部屋である。狭いが、一応、応接セットが置いてある。

ソファに、椅子に、そして、ワインボトルと二つのグラスが載った小さなテーブル。

そのテーブル横の床に、女が、うつぶせに、倒れている。

背中に傷口が二つ、そこから流れ出た血は、すでに固まっていて、明らかに息をしていなかった。

若いルームサービスの女は、ぶるぶる震えていた。

「どうしたらいいんでしょう？」

と、きく。

「すぐ警察に、電話をしてください」

直子が、強い口調で、いった。

5

二十分後、狭い部屋の中が、警視庁捜査一課の刑事たちと、鑑識であふれた。

十津川が、ビックリした顔で、直子を見た。

「君が、発見者か？」

「あなたに、話したでしょう？　京都の女子大を卒業した、仲のいい同窓生が四人いて、その中の一人が、日本画で、大きな賞を獲《と》った。久しぶりに、同窓会を兼ねて、お祝いの会を、京都で開くことにしたって。その四人の中の一人が、殺された三原敏子なの。さっき夕食のことであなたに電話したけれど、彼女から、一緒に、夕食でも食べましょうと、誘われたので、約束の午後六時に、このホテルに会いに来たの。フロントで、何度も呼んでもらったけど、出ないので、心配になって、部屋に来てみたら、こんなことになってしまっていて」

と、直子が、いった。

十津川が、直子を、廊下に、連れ出した。

「おかしな具合だが、とにかく、君とルームサービスの女性が、最初の発見者ということになるわけだからね。まず君から、話を聞かなければならない」

と、いった。

「もう一度確認するが、死んでいたのは、四人の友だちの一人、三原敏子で、間違いないんだね？」

「ええ、間違いないわ。三原敏子よ」

「被害者の三原敏子について、君が知っていることを、全部話してくれないか。どんな女性なのか、君が知っている範囲でいいから、教えてくれ」

「私たち五人組の仲間で、京都K女子大の卒業生よ。五人の中で、いちばん元気がよかった。京都で会社を立ち上げて、家具の輸入販売の仕事を始めたの。いわゆる起業家ね。だから、東南アジアに、家具の買い付けに、よく行ってるらしいわ。今回もインドネシアに、行っていたんだけど、仕事が予定よりも早く済んだので、繰り上げて、帰ってきたらしいの。それで彼女から電話があって、お土産に、ワインを買ってきたから一緒に飲みましょうと誘われ、そしてそのあと、一階の中華料理店で、久しぶりに、夕食でも食べましょうということになって、私が、このホテルに会いに来たの。六時の約束だったので、六時十分前、そして六時ジャストに、フロントから、部屋に電話をしてもらったんだけど、出ないの。それから三十分ほど待ってから、もう一回、フロントの人に電話をしてもらっても出ないので、それで、何だか心配になって、ルームサービスの人にお願いして、一緒に、この部屋に来てみたら、彼女が床に倒れて死んでいたの」

「犯人について、心あたりはない？」

「全然ないわ。何しろ、大学を卒業した後は、ほとんど付き合いがなくて、一回か二回しか、会っていないんだから。ただ、独身で、自分で、会社を立ち上げて、外国製の家具の輸入販売をしているということは、先日、電話で聞いたけど」

「たしか、明後日《あさって》の二十五日に、京都で、日本画の賞をもらった友だちのお祝いを兼ねて同窓会をやる。そういうことに、なっているんだろう？」

「ええ。大学時代に五人でグループを作っていたその中の一人、金井富美が、日本画の賞をもらったので、みんなで京都に集まって、お祝いをしましょう。そういうことになっていて、世話役の花村亜紀から、招待状をもらっていたのよ」

「そのお祝いの会には、殺された三原敏子も参加することに、なっていたんだね？」

「ええ、仕事で、インドネシアにいるという彼女から、電話がかかってきて、最初は二十四日に、一緒に京都に行くことになっていたの。そうしたら、インドネシアでの仕事が予定よりも一日早く終わって帰ってきたので、今日、二十三日に一緒に、夕食を食べましょうという話になったの」

「君がいう五人組の名前、フルネームで教えてくれないか？」

と、十津川が、いった。

直子は、夫が持っている手帳に、自分以外の四人の名前を書いていった。

「君以外は全員、今でも、京都に住んでいるのか？」

「ええ、そう。そこに丸印をつけたのは、結婚している人。バツ印は、未婚」

「この四人、じゃない、三人か。住所か電話番号が、分かっていたら、それも、教えてくれないか？」

「花村亜紀は、私に招待状をくれた友だちで、連絡先も、電話番号も書いてあったから、後で教えるわ。ほかの二人は、分からないけど、花村亜紀に聞けば、分かると思うわ」

「これから、どうするんだ？　京都のお祝いの会は、予定通り、やるのか？」

十津川が、きいた。

「それは、これから、花村亜紀にきいてみるつもり。中止にはしないとなったら、悪いけど、京都に、行かせてください」

と、直子が、いった。

6

事件のことが、大きく、テレビ報道された。

直子が電話をする前に、花村亜紀のほうから、電話があった。

「敏子が殺されたのは、ショックだったけど、そのことも含めて、久しぶりに話し合いたいと、ほかの二人も言っているから、明後日のお祝いの会は、中止しないで、予定通りやることにしたわ」

と、亜紀が、いった。

「じゃあ、私も、必ず行くわ」

「たしか、直子のご主人は、警視庁の刑事さんだったわね？」

「ええ。主人が、今回の事件を、担当することになったわ」

「それじゃあ、事件のことが、早く分かるわね。もし、何か、犯人について、分かったことがあったら、すぐ、私に知らせてちょうだい」

と、亜紀が、いった。

## 7

新宿警察署に、捜査本部が置かれた。死体はすでに、司法解剖のために、大学病院に送られている。

十津川たちは、死体の発見現場である問題の、Ｍホテルの一八〇五号室を、徹底的に、調べた。

まず、室内の写真を、何枚も撮り、指紋を採取していく。それから、三原敏子の所持品を、調べた。

すると、奇妙なことが、分かった。

ワインのボトルと、ワイングラスが二個、テーブルの上に、残されていたが、被害者がホテルに注文したものではないということだった。とすれば、ボトルもグラスも、殺された三原敏子がインドネシアから、持参したものだろうと思われ、そのボトルには、彼女の指紋だけが、ついていた。

さらに、ワイングラスの一つからは、敏子の指紋が検出され、もう一つのグラスには指紋が残されていなかった。恐らく、何者かが三原敏子を訪ねてきて、ワインを飲みながら話し合った、と思われた。犯人は、逃走する際、自分のワイングラスの指紋を、拭き取っていったのだろう。司法解剖の結果、敏子の胃には少量のワインが残っていた。

三原敏子のハンドバッグの中を調べると、財布のほかに、パスポートがあり、それによって間違いなく、二十三日まで、インドネシアにいたことが、判明した。

そのほか、インドネシアの、家具店に支払ったと思われる、家具代金の領収書も、何通か入っていた。それを見れば、間違いなく、インドネシアに、家具の買い付けに、行っていたことが、分かる。

財布の中には、二十一枚の、一万円札が入っていた。

そのほか、インドネシアの硬貨も、いくらか入っている。

高級な腕時計も盗まれていないから、物盗りの犯行ではないだろう。

翌日の捜査会議で、ワインのことが、問題になった。

十津川が、まず説明する。

「このワインですが、犯人が置いていったものとは、思えません。置いていく必要がないからです。家内の話では、三原敏子は空港でワインを買ったと、言っていたそうです。三原敏子は、ホテルにワインを、持ち込んだ。二つのグラスも、彼女が、持ち込んだものだと思われます。恐らく、インドネシアの空港で、購入したものじゃないでしょうか」

三上《みかみ》本部長が、

「もし、彼女が持ち込んだとすると、どんな理由が考えられるね？」

「常識的に考えますと、三原敏子と、彼女を殺した犯人は、顔見知りで久しぶりに会ったため、ワインを飲みながら、歓談していたと、思われます。犯人は、三原敏子のスキを狙い、ナイフで、刺して殺そうと、考えていたのです。三原敏子は、背中を二カ所刺されて、殺されてしまった。今のところ、そういうストーリーしか、思いつきません」

十津川が、いうと、

「君のその考えは、少しばかり不自然じゃないかね？」

と、三上が、いった。

「不自然ですか？」

「君の言葉通りなら、殺された三原敏子と犯人は、かなり親しい関係に、あったと思われる。それなのに、彼女は、殺されてしまった。親しい仲なら、どうして犯人は、彼女を殺すほど、憎んだのだろうか」

「その点は、今のところ、私にも、分かりません」

十津川は、正直に、いった。

「もう一つ、君に確認しておきたいのだが、奥さんは、今回の事件に、関係しているのかね？」

三上が、きいた。

「実は、私の家内と、殺された三原敏子は、京都の大学で同窓でした。五人の仲良しグループがいて、その中の一人が、今回、日本画で賞をもらったので、そのお祝いの会を、明日の二十五日に、京都のホテルでやることに、なっていて、家内も、その会に出席する予定になっていました。そんな時に、五人の中の一人、三原敏子が、殺されてしまったのです。しかし、明日の京都でのお祝いの会は、予定通り行なうことになったそうです」

「君の奥さんと、殺された三原敏子は、親しかったのかね？」

「家内の話によると、大学を、卒業してから、三原敏子に会ったのは、一回か二回くらいだと、いっていました。ですから、最近は、それほど付き合っていたわけではないようです。五人とも、それぞれ、結婚したり、あるいは、独身で、仕事を持っていたりしていて忙しかったので、それほど、頻繁《ひんぱん》には会っていなかったようです」

「当然、その五人、いや、一人は被害者だから、残った四人については、アリバイを、調べるんだろうね？」

三上本部長が、いった。

十津川は、内心、苦笑した。三上が、それとなく、十津川に向かって、自分の奥さんのアリバイも、ちゃんと、調べるんだろうねときいていることが、分かったからである。

「もちろん、全員のアリバイを調べるつもりでおります」

十津川が、答えた。

捜査会議の途中で、司法解剖の結果が、報告されてきた。

死因は、背中を、ナイフで二カ所刺されていて、その片方が、心臓まで、達していた。ショック死である。

死亡推定時刻は、五月二十三日の、午後二時から三時までの間と知らされた。

直子は、二十三日の午後六時十分前に、Mホテルに、三原敏子を訪ねていったというから、その時にはすでに、三原敏子は、死亡していたことになる。

金井富美、花村亜紀、後藤久美、この三人は、全て、京都に住んでいる。十津川は、京都府警に依頼して、彼女たちのアリバイを調べてもらうことにした。

もちろん、十津川は、妻の直子に対しても、問題の死亡推定時刻に、どこで、何をしていたのかを電話で聞いている。

直子は、困ったなという声で、

「五月二十三日の午後五時には、三原敏子に会うために家を、出たんだけど、その前のアリバイというか、何をしていたかは、ちょっと思い出せないの。おそらく、いつもと同じようなことをしていたに、違いないと思うんだけど」

と、いった。

その後で、直子は、

「やっぱり、私も疑われているの？」

と、きく。

「君は、被害者の友だちでもあるし、被害者が泊まっていたホテルに、彼女を訪ねていっている。誰が見ても、容疑者の一人だよ」

と、十津川が、いった。

「でも、私は、彼女を、殺してなんていないわ。第一、私には、彼女を殺す動機が、ないでしょう？」

「ダメだよ」

と、十津川が、いう。

「ダメって、何が、ダメなの？」

「動機は、ないと思っていても、見つかることがあるんだ。特に、個人的な恨みや、つらみだと、周りの人間には、分からないからね」

「あの部屋から、ワインと、ワイングラスが二個、見つかったんでしょう。敏子は、私と一緒に、飲みましょうと、言っていたのよ」

「それで、弱っている」

と、十津川が、いった。

「どうして弱っているの？」

「そのワインの瓶なんだけどね、殺された三原敏子の指紋しかついていないんだ。つまり、三原敏子は、あのホテルに訪ねていった犯人とワインを飲みながら、親しく話し合っていたんじゃないか。しかし、犯人は、三原敏子を刺し殺そうと考えていた。凶器のナイフは、現場で見つかっていないから、おそらく、犯人が、持ち去ったのだろう。これは間違いないと思うね」

「でも、おかしいわ」

「三原敏子が、犯人をあっさり部屋に入れたことだろう？」

「そうよ」

「そのことは、捜査会議でも、問題になったんだ。犯人は、ナイフを用意していた。それなのに、どうして、三原敏子が、犯人を簡単に、部屋に入れたのか、その点だろう？」

「ええ」

「今もいったように、捜査会議でも、それが、真っ先に、問題になったんだ。普通に考えれば、赤の他人を部屋に入れる訳がない。となると、犯人は顔見知りということになるよ。三原敏子は、相手の殺意に気が付かなかった。いや、相手に多少、不信感を抱いていたとしても、甘く考えていたのかもしれない。だから、被害者は、犯人を簡単に、部屋に招き入れた。今のところ、考えられるのは、そのくらいだね」

「とにかく、私は、彼女を殺していないわよ」

「そんなことは、分かっている。ただ、冷静に見れば、君も、容疑者の一人だからね。その点は、心得ていてほしい」

と、十津川が、いった。

8

京都府警から、三人についてのアリバイが、ファックスで、送られてきた。

日本画で「京都藤の花賞」をもらった金井富美は、秋に発表する京都の風景画を描くために、二十三日の午後二時から三時には、桂川《かつらがわ》の土手に三脚を立てて、渡月橋《とげつきょう》と、流れる桂川の風景をスケッチしていたとある。

花村亜紀は、夫と二人で、新京極《しんきょうごく》通りで骨董《こっとう》の店を出していた。五月二十三日の午後二時から夕方まで、夫の花村と交代して、店番をしていた。

その間に二人、顔見知りの骨董好きが店にやって来て、花村亜紀は、その人間としゃべっている。その二人は、以前からの知り合いなので、アリバイを、証言してくれるだろうとある。

最後の後藤久美は、小学校六年生の娘が、学校からちょうど、帰ってきたところで、用意していたおやつを、一緒に食べていた。それが後藤久美のアリバイだと、書かれてあった。

たしかに、殺人現場は東京であり、容疑者の三人は、京都にいる。いちばん速い移動手段といえば、新幹線だが、それでも、二時間はかかる。往復四時間以上である。だから、アリバイも、その真偽を、調べるのは、かなり難しいだろうと、十津川は、思った。

往復の時間を見なければいけないからである。一見、アリバイがないように見えても、その時間をプラスすると、アリバイが生まれてくる。

翌日の二十五日、直子は、新幹線で京都に向かった。

京都駅で降りると、まっすぐ新京極にある花村亜紀の、骨董の店に向かった。

ちょうど、亜紀は、お客と、話をしていたが、それが済むと、笑いながら、直子のところにやって来て、

「すぐ会場に行きましょう」

と、直子を、誘った。

今日の午後一時から、みんなで会って、金井富美に、おめでとうをいうために用意されている、京都Tホテルにあるフランス料理店である。

そこはまだ、開いていないので、二人は、ホテルの喫茶ルームで、時間を潰すことにした。

一階の喫茶ルームは、窓が大きく、そのため、ホテルの外の大通りを走る車や、歩道を渡ってくる通行人の姿が、はっきりと見える。

そのためか、このホテルは、ホテルに泊まる目的以外に、一階のロビーを、デートの待ち合わせに使う人々も、多いという。

京都のK女子大に通っていた頃、直子も、このホテルの一階ロビーを、何回かデートで使ったことがある。そんなことを思い出しながら、直子は、窓の外を通る車や、人々の姿を、眺《なが》めていた。

窓の外の大通りは、御池《おいけ》通りである。もちろん、歩道がついているから、歩いている人々の姿も、よく見える。

その大通りの向こうには、少しばかり古びた、京都の市役所の建物が、見えている。

時々、タクシーが、御池通りの向こう側で停《と》まって、人が降りる。

そんな光景が、直子には、楽しかった。久しぶりに見る、生きている京都の姿だったからである。

そのうちに、四つ葉のマークの付いたタクシーが、大通りの向こう側に、停まるのが見えた。そのタクシーは、京都でいちばん台数が多いといわれるタクシー会社の車である。

このタクシー会社は、三つ葉のクローバーを社のマークにしていたが、その中に、三台か四台の、四つ葉のクローバーの車を入れている。そのタクシーに乗ると、いいことがあると、宣伝し、それが評判を呼んで、わざわざ、四つ葉のクローバーのタクシーを探して乗る客も、いるという。

直子は、そんな話を聞いていたので、大通りの向こう側に停まったタクシーが、四つ葉だったとき、オヤッと思ったのである。

初めて見る四つ葉のクローバーのタクシーだったので、直子は、思わず携帯を使って、そのタクシーを、カメラに収めた。

ひとりの女性が降りてきて、こちらに向かって、横断歩道を、渡ってくるのが見えた。

(どこかで見た顔)

と、思ったら、今日、会うことになっている後藤久美だった。

「あれ、久美じゃないの?」

直子が、いうと、花村亜紀も、目をやってから、

「ああ、そうね。彼女、相変わらず、時間通りに、来るわ」

と、いって、笑った。

横断歩道を渡り終わると、後藤久美の姿が、いったん直子の視界から消える。その後、五、六分すると、彼女が、直子たちの待っている喫茶ルームに、入ってきた。

後藤久美は、五人の中では、いちばんの美人と、自他ともに認めていて、卒業後は、芸能界に進むのではないかと思われていたのだが、卒業すると同時に、すぐ、結婚してしまったという、いわば期待を裏切った同窓生である。

少し太って、体形はいかにも、小学生の子どものいる母親らしい感じになっていたが、それでも、身につけている洋服や腕時計などは、明らかに、高級なブランドものに見えた。

直子は、四つ葉のクローバーのタクシーのことを、話そうと思ったが、そのうちに、金井富美も、やって来て、お久しぶりとか、おめでとうという言葉が飛び交うようになって、直子は、四つ葉のクローバーのタクシーのことを、忘れてしまった。

四人は、予約しておいた個室に移った。少し遅くなったがフランス料理店の昼食である。

まず、シャンパンで、金井富美の受賞を祝う。

しかし、その後、やはり、東京で死んだ三原敏子の話になった。

彼女がまだ独身で、京都市内で家具の輸入販売の会社を経営していたことは、誰もが知っていた。

しかし、詳しい内容や、その商売が、うまく行っていたのかどうかなどは、誰も知らなかった。

世話好きの花村亜紀は、

「何回か、今度のことで、敏子に電話をしたんだけど、電話が通じなかったり、たまに通じると、商売は、うまく行っているから心配しないでねと、そんなようなことをいっていたわ」

と、直子たちに、話した。

その後は、意識して、受賞した金井富美のことを、話すようになった。

金井富美は、大きなスケッチブックを持ってきていて、秋の個展に発表する京都の風景をデッサンしているといってスケッチブックの中を、見せてくれた。

彼女の絵を見るのは、直子には、久しぶりだった。

目を見張るほどの上手《うま》いスケッチだった。

食事のあとで、彼女の受賞した絵を見に行くことにした。

食事が済み、食後のケーキやコーヒーが運ばれてくると、自然に、話は、また、死んだ三原敏子に戻っていった。

「直子のご主人は、警視庁の刑事だったわね。たしか、彼女の事件を調べているんじゃない？」

と、亜紀が、いった。

直子が、うなずくと、

「ご主人って、警視庁の優秀な警部さんなんですってね」

と、後藤久美が、直子を見る。

「主人の仕事には、あまり首を突っ込まないようにしているんだけど、今回の事件については第一発見者の私にも、容疑が掛かっているから、一生懸命に調べているわ。そのうちに、犯人を捕まえてくれるだろうと思っているの」

と、直子が、いった。

この後、西陣《にしじん》にある、金井富美のアトリエを、みんなで、訪ねることになった。

西陣では町家《まちや》の改造が、はやっていて、金井富美の家も町家を大改造して、アトリエにしたものだった。そのアトリエに、今回受賞した絵が、置いてあった。

畳一畳くらいの大作で、尼僧が、手に、白い椿の花を持っている。静けさを感じさせる絵だった。

「これ、八百比丘尼《やおびくに》ね」

と、亜紀が、いった。

金井富美が、説明してくれた。

「あなた方も知っている通り、八百比丘尼というのは、中世に広まった伝説で、人魚の肉を食べたといわれる娘が、歳を取ることが、なくなって、八百歳まで日本全国を歩いて、善行を積んでいったという話。その手には、いつも白い椿を、持っているんだけど、その椿が、やましい気持ちを、振り払ってくれるといわれているのよ」

八百比丘尼の故郷は、福井県の小浜《おばま》といわれているので、そこにも、何度か通って、この大作を描いたと、富美が、いった。

その後、お茶屋さんに行って、夕食を食べながら、舞妓《まいこ》さんでも呼んで、遊ぼうという話になったが、後藤久美は、用事があるということで、帰ってしまい、結局、直子と金井富美と花村亜紀の三人で、お茶屋さんに行くことになった。

金井富美は、以前に舞妓を描いたことがあって、その縁で知り合ったお茶屋さんに、三人であがった。

二階に上がる。お茶屋が、食事を作ることはないから、夕食は外からの仕出しである。

食事の途中から、舞妓と芸妓《げいこ》がやって来て、お酒になった。

「久美だけど、何となく、元気がなかったみたい」

直子が、いうと、亜紀が、

「実はね、ご主人との関係が、あまりうまく行っていないみたいなの。離婚話が持ち上がっているというウワサも、聞いたことがあるわ」

「でも、彼女、子どもが、いるんじゃなかったかしら？」

「ええ、たしか、小学校六年生の女の子がいたはずだわ。そのこともあるから、久美、悩んでいたと思うわ」

と、亜紀が、いったが、それ以上の話は、出なかった。

どうやら、久美と、ほかの三人は、最近は、あまり親しく付き合っていないらしい。本来なら、もっと、楽しい雰囲気になるはずだったのに、やはり、何となく、盛り上がらないのは、三原敏子が、あんな形で、東京で殺されたからだろう。

十一時近くなって散会し、直子は、さっきのTホテルに、チェックインすることにして、ホテルの前で、送ってくれた亜紀や富美と、別れた。

夜半近くなって、東京の十津川から電話が入った。

「どうだった？」

と、十津川が、きく。

「受賞した絵は素晴らしかったけど、やっぱり、東京で死んだ敏子のことがあるので、あまり盛り上がらなかったわ」

と、直子が、いった。

「そうかもしれないな。しかし、みんな久しぶりに、会ったんだろう？」

「そうなんだけど、昔のような親しさは、なかったわ。みんな、大人になって、いろいろとあって、それぞれが、小さな秘密を、持っているからじゃないかしら？」

　と、直子が、いう。

「何だか悲しそうだね」

「そうなの。それより、そっちはどうなの？　捜査に、何か、進展はあったの？」

「残念ながら、ほとんど、進展らしい進展はないね。とにかく、五月二十三日の午後二時から三時の間に、あのホテルに、泊まっている被害者を訪ねていった人間がいて、殺したということだけは、分かっているんだが、何しろ、あれだけの、大きなホテルだからね。あの部屋を、訪ねていった人間を、特定することができないんだ」

「ということは、これから、京都の捜査もするわけね？」

「そうだな。京都に行かざるを得ないだろうね。殺された女性が、京都で、どんな生活をしていたかを、知りたいからね」

　と、十津川が、いった。

　一瞬、直子は、明日、三原敏子の家を見に行って、その後で、東京に帰るといおうとしたが、それはいわずに、おやすみなさいとだけいって、電話を切った。

　何か、これから、怖いことが起こりそうな予感がしたからだった。

翌日の朝、直子は、ホテルを、チェックアウトした後、一人で、三原敏子の家を、訪ねていった。

亜紀から教えられていた住所を訪ねると、京都の中心街からは、少し離れたところに建つ、マンションだった。

五階建てのマンションの最上階、五階の五〇一号室が、三原敏子の自宅兼会社になっていた。

一階で、管理人に、話を聞いた。

管理人は、三原敏子に、あまりいい感情を持っていないようだった。

二年前から、五〇一号室を借りていて、そこに、三原交易という看板を、出していたが、部屋代が滞ることが、しばしばあったという。そのことで、管理人は、不信感を持っていたらしい。

話を聞いている途中で、管理人は、意外なことを、直子に、いった。

五月十二日の夜遅く、女性が、三原敏子の部屋を、訪ねてきたというのである。

「どんな女性でした？」

と、聞くと、

「よく分かりませんよ。何しろ、大きなマスクをしていましたし、夜でしたからね。何でも、三原さんに、用事があって来たと、言っていましたね。私を無視して、勝手に、五〇一号室の呼び鈴を押そうとしていたので、呼び止めて、少し話を聞いたのですよ。そうしたら、今もいったように、彼女の友だちだと、いわれました。それで、私は『三原さんは、インドネシアに家具の買い付けに行っていて、二十日間くらいは日本を留守にすると言って出掛けましたよ』、と言いますと、その女性は、携帯電話で連絡を取ってみると言って、帰って行きました。二十三日に三原さんが東京で殺されたと知って、その女性のことが気になっているんですが、警察に、彼女のことを話したほうがいいのかどうか、今も迷っていますよ」

と、管理人が、いった。

「その女性の名前は、聞きましたか？」

「ええ、聞きましたよ。そうしたら、たしか、花村さんと、名乗っていましたけどね。あまり聞いたことのない珍しい名前なんで、今でもよく覚えているのです」

と、管理人が、いった。

「彼女がここに来たのは、五月十二日の夜ですね？　その日で、本当に、間違いないんですね？」

直子が、念を押すと、

「ええ、間違いありませんよ。夜の十時過ぎぐらいでしたよ」

管理人が、強い口調で、いった。

（あの花村亜紀が一人で、十二日の夜遅くに、このマンションを、訪ねてきたのだろうか？　もし、本人なら、いったい何のために、ここに来たのだろうか？　ひょっとして、事件と、何か関係があるのだろうか？）

もう一度、花村亜紀に会って、そのことを、確かめてみようと、直子は思った。

# 第二章　奇妙な椿の花

## 1

直子は、何とかして、花村亜紀に会いたかったのだが、どういうわけか、いつ電話をしても電話が繋《つな》がらなかった。直子は諦めて、東京に帰ることに決めた。

直子は、京都から、新幹線「のぞみ」に乗った後、車内から、東京にいる夫の十津川に、電話をかけた。

「今、京都から新幹線に乗ったわ。これから、東京に帰る」

「何だか、元気がないね。どうしたんだ？　何かあったの？」

十津川が、きく。

「京都で、どうしても会いたい人がいたんだけど、連絡がつかなくて、どうしても会えないの」

とだけ、直子は、いった後、

「そっちは、どうなの？　捜査は、順調に進んでいるの？」

「一つだけ、新しいことが分かったよ」

と、十津川が、いった。

「それって、犯人に、結びつくようなものなの？」

「さあ、どうかな」

「何のことか話してくれない？　私も事件の関係者なんだから」

「実は、東京のMホテルで、殺された三原敏子だが、誰かが、彼女に、花を届けようとしていたんだ」

「花？　でも、あの部屋には、花なんてどこにもなかったわよ」

「その花が届く前に、三原敏子は、殺されてしまったんだ」

「よく分からないんだけど、もっと詳しく、分かるように話してくれない？」

「東京駅の中に、花屋があるんだが、そこに、五月二十三日の午後一時頃、若い女性がやって来て、花束を注文し、これを、Mホテルに泊まっている三原敏子さんに、届けてほしい。絶対に、本人であることを、確認してから渡してくれといわれたそうだ。強く念を、押されたので、その花屋が、Mホテルに電話をしたところ、三原敏子が、部屋にいないことが分かったので、その時には、持っていかなかった。夕方になってから、改めて、花束を届けることにしたが、その時には、すでに、Mホテルで事件が起こってしまっていた。どうしていいか分からず、今日になって警察に、その話をしたということなんだ」

「どんな花束なの？」

「それがね、少しばかり奇妙なというか、変わった花束でね。客の若い女は、花屋に来ると、白い椿の花を、五本、買った。それに、自分の持ってきた赤い椿の花を一本、一緒にして届けてほしいといったそうだ」

「花の贈り主の名前は、分かっているの？」

「いや、分からない。ただ、花束につける札には、『六人目の比丘尼』と、書いてあった」

「『六人目の比丘尼』？　本当に、そう書いてあったの？」

直子が、きく。

「ああ、そうだ。そこで、事典で調べてみると『比丘尼は、尼とか尼僧の通称。仏法を広めるために、絵や音楽を使って日本中を歩いた』と、書いてあった」

「それで、あなたが、花のことを知ったのは、何時頃なの？」

「今日の昼前だ」

「私、事件に関するニュースを、気にかけていたんだけど、そのことは、何も、いっていなかったわ。六本の椿のことは、まだ秘密になっているの？」

「実は、ある理由があって、しばらく、この椿のことは、捜査本部外には、伏せておくことになったんだ。君も、このことは、誰にも話さないでいてほしい。君は事件の関係者だから、知る権利があるがね」

「つまり、その椿が、犯人を特定できる証拠になりそうなのかしら？　ひょっとして、その椿を、三原敏子に、届けてくれと頼んだ女性が、私たちの中の一人なんていうんじゃないでしょうね？」

と、直子が、きいた。

「私たち？」

「私が、京都の女子大に通っていた頃、仲良し五人で、グループを作っていたことは知ってるでしょ？　先日話した花村亜紀、金井富美、後藤久美、三原敏子、そして、私。この五人でグループを、作っていたの」

「君たち五人組の写真は、預かっているが、それを花屋に見せたところ、花束を頼んだ女性は、この五人の誰とも、あまり似ていないという答えだった。これは、すでに、確認しているから、君たちのグループとは関係がないと、思うね」

と、十津川が、いった。

その言葉で、直子は、少しホッとした。

「でも、名前は、分かっていないんでしょう?」

「分かっていないが、似顔絵は、作ってある。その似顔絵は、今もいったように、五人の中の一人じゃない。誰にも似ていないからね」

## 2

その日の夕方、東京に帰った直子は、十津川から、問題の似顔絵を、見せられた。

それを見る限り、たしかに、仲良し五人組の一人とは、思えなかった。しかし、つばの広い帽子をかぶり、マスクをかけているので、女の顔は、半分も見えないのである。五人組の誰でも、メイクをして、この格好をすれば、似顔絵にそっくりになる。

直子は、苦笑して、

「こんなに、大きなつばの帽子をかぶって、その上、マスクをしていたら、顔が、ほとんど、分からないのと同じじゃないの」

「たしかに、そうだ」

「それなのに、どうして、内密にしなくてはいけないの?」

「実は、もう一つ、内密にしておきたい理由があるんだ。さっきも話した通り、この女は、東京駅の中の花屋に来て、五本の白い椿を買った。そして、自分が持ってきた赤い椿の花を一緒にして一つの花束を作って、Mホテルの三原敏子に届けてくれと頼んでいるんだ」

「確認するけど、彼女は、五本の白い椿の花を買って、自分が持ってきた赤い椿の花を一本、それに加えたということね」

「そうだ」

「当ててみましょうか？　この話の、どこが問題なのか」

「ああ、いってごらん。たぶん、当たらないと思うがね」

「いえ。当たるはずよ。彼女が持ってきた一本の赤い椿の花だけど、植物図鑑には載っていない、珍しい椿の花だったんじゃないの？　どう、当たったでしょう？」

直子が、いった。

日頃から、十津川は、あまり、驚くことのない冷静な男である。それでも、直子の言葉には目を丸くして、

「どうして、分かったんだ？」

「たぶん、そんなことじゃないかと、思ったの。おそらく、その椿の花は、植物図鑑には載っていない、珍しい種類の椿の花、もう一ついえば、きっと、その椿の花は、もともとは、薄紫だけど、しばらく時間を置くと、だんだん、赤くなっていくんじゃないの？　ね、そうでしょう？　それからもう一つ、その女性は、五本の白い椿の花

を買ったんでしょう？　自分の持ってきた赤っぽい椿の花を一緒にしたわけでしょう？　一緒に花瓶に挿《さ》しておくと、白い椿の花は、赤く染まってしまうはずだわ。その赤い椿は、そういう、強い力を持った椿の花じゃないかと思うんだけど」

十津川は、慌てて、捜査本部に電話をかけた。

今日、宿直勤務中の亀井《かめい》に向かって、

「六本の椿があるだろう？　花瓶に活《い》けてあるはずだから、ちょっと、見に行ってくれないか？」

と、いった。

亀井は、いわれた通りに、すぐに、見に行って、電話に戻ると、

「警部、驚きましたよ。白い椿五本が、いつの間にか、全部、赤い色に変わってしまっています。どうして、そうなったのか不思議です」

「一緒に花瓶に活けた赤い椿の花があるだろう？　その赤い椿は、影響力がものすごく強いらしいから、そのせいだよ」

「いったい、誰が、そんなことを、いったんですか？」

「椿の専門家だよ」

十津川は、ちらりと、直子を見た。

「君のいう通りだった。白い椿五本と、問題の赤い椿の花を一緒にして、花瓶に活け

ておいたら、五本の白い椿が全て、赤くなってしまったそうだ。確認したカメさんが、ビックリしていたよ」

「やっぱりね」

「君は、どうして、そのことを、知っていたんだ？」

「ずいぶん昔の話なんだけど、京都の女子大に通っていた頃、仲良し五人組の、私を含めたその全員が、椿の花が、好きだったの。桜や梅の花よりも、椿の好きな五人が集まって、一種の椿グループみたいなものを作ったの。その時、いろいろと、椿について勉強したわ。日本には、どんな美しい椿があるのとか、どこに行けば、いちばん美しい椿が見られるかとか」

「なるほど、そういうことか。ちなみに、どこに、行けば、いちばん美しい椿が見られるんだ？」

「福井県の小浜に、神明神社《しんめいじんじゃ》というのがあるわ。天地神明に誓っての神明って書くんだけど、そこには、たくさんの、椿の木がある。小浜の神明神社というのは、八百比丘尼が、六十年間、そこに、滞在したという神社なの。今もいったように、椿の木が多く植えられているの。白い椿の木も多いわ。比丘尼が、いつも、白い椿の花を持っていたからでしょうね。その神明神社の境内の別の一角に、植物図鑑に載っていない椿の花が咲いていたの。それが、例の赤い椿の花なのよ。初めて、神明神社に行った時は、その赤い椿の花だけが、全く別の一角に、まるで隔離されているかのように、ひっそり咲いていたんだけど、どうして、そんな形なのか、分からなかった。不思議に思っていたら、神明神社の氏子《うじこ》の方が、教えてくれたのよ。あの赤い椿の花は、最初は、薄紫色なんだけど、それが、真っ赤になっていって、近くに白い椿の花があると、その白い花まで赤くしてしまうんですって。だから、白い椿の花のそばに植えておくと、白い椿が赤くなってしまうので、奥の一角に離して植えてあるんだと、教えてくれたの」

「白い椿が、赤く染まってもいいんじゃないのかね？　中には、色が変わるのが面白いという人だっているかもしれないだろう？」

十津川が、いうと、

「それはダメ」

強い口調で、直子が、いった。

「小浜には、八百比丘尼の像が、二体あるんだけど、手に白い椿の花を、持っているの。白い椿は、邪気《じゃき》を払ってくれるというので、八百比丘尼は、手には必ず、白い椿を、持っているのよ。あなたがいうように、色が変わるような椿を持っていたら、八百比丘尼の清純さが消えてしまうわ」

「神明神社の奥にあった、問題の椿は、どうなったの？」

「何カ月かして、もう一度、神明神社に行ったら、問題の椿は、なくなってしまっていたわ」

「どうして、なくなったんだ？」

「問題の椿の近くには、ほかの椿の花を植えることが、できなかった。今もいったように、その椿の影響力が強くて、白い椿が赤くなってしまう。そのことを知らなかった氏子さんが、その椿の木の周りだけ、植える場所が、空いていたので、もったいないと思って、白い椿の木を、そこに植えたんですって。そうしたら、白い花が見る見るうちに、赤く染まってしまったので、人々が、気味悪がって、問題の椿の木を、切り倒して燃やしてしまったんですって」

「じゃあ、もう、問題の椿の木は、どこにもないのか？」

「そう思っていたんだけど、今度の事件では、問題の椿が、また出てきたわけでしょう。だから、木がなくなったわけじゃないのよ」

「そうだ。だから、帽子の女が、どこから問題の椿の花を、持ってきたのかが、問題だな。君は、その椿の花が、どこに、咲いているのか、知らないのか？」

「私が、初めて、小浜市の、神明神社に行った頃だけど、問題の椿の花のことを聞いて、ビックリして、その椿のことを知っているという氏子さんに聞いてみたわ。その人も、よくは知らないが、何でも、京都の北東の山の中に、美しい、滝が流れているんですって。その滝が清流になって、その川の岸に、問題の椿が何本か、咲いていると教えられたけど、その人は、もう亡くなってしまったから、その話が、本当なのかどうか、今では、確かめようがないわ」

と、直子がいう。

「そうすると、三原敏子に花を贈ろうとした女は、今、君がいった、京都の北東の山の中で、問題の椿を見つけたんだろうか？」

3

翌日の捜査会議では、当然、問題の椿の花のことが、議題になった。

五本の白い椿の花と、図鑑にも載っていない赤い椿の花を、一緒にして、花瓶に活けておいたところ、五本の白い椿の花は、いつの間にか、赤く、染まってしまった。

十津川は、まず、そのことを、説明した後、これを、殺された三原敏子に贈ろうとした女の似顔絵を、三上本部長に披露《ひろう》したが、案の定不評だった。大きな帽子のつばと白いマスクが、女の、顔の半分を隠してしまっているからだった。

「この似顔絵の女が、ホテルで三原敏子を殺した犯人なのかね？」

三上本部長が、きいた。

十津川が、答える。

「それはまだ、何ともいえません。犯人が、似顔絵の女で、五本の白い椿の花と、謎の赤い椿の花を、まず贈っておいて、その後で、ホテルに、乗り込んで、三原敏子を殺したのかもしれません。しかし、この似顔絵の女が、三原敏子の知り合いで、敏子が、東南アジアから帰ってきて、ホテルに泊まっているのを、知って、単純に、椿の花を贈っただけかもしれません。今のところどちらの可能性もあり得ると、思っています」

「もう一つ、君に聞きたいのだが、五本の白い椿と、奇妙な赤さの椿を一本、合計六本の椿を贈った似顔絵の女だが、花束に『六人目の比丘尼』という札を、つけていたんだろう？　『六人目の比丘尼』というのは、どういう意味なのか、分かったのかね？」

「六という数字が、何を意味するのか、はっきりしませんが、比丘尼と椿が、強い関係にあることは分かっています。尼とか、尼僧のことを比丘尼といっているようで、中世から、八百比丘尼の伝説が広まっています。京都周辺には、中世から、八百比丘尼の伝説が広まっていたようで、中世の頃、熊野《くまの》に参詣《けい》して、ありがたい仏法を、絵や音楽で、人々に広めていくのを、人々は、歌比丘尼とか、勧進比丘尼《かんじんびくに》と呼んでいたといいます。比丘尼の中で有名なのは、八百比丘尼で、これも、やはり、中世の物語で、人魚の肉を食べた長者の娘が、歳を取らなくなり、全国を行脚しました。善行を重ねていって、八百歳まで、生きたといわれます。その比丘尼は、いつも白い椿の花を、手に持っていたといわれます。もちろん、八百歳まで生きたというのは、ウソでしょうが、八百比丘尼は、日本全国を、歩いて回っているのです」

「つまり、日本全国に、八百比丘尼の伝説が、あるというわけだな？」

「その通りです。その八百比丘尼が庵《いおり》を結んだといわれているのが、福井県小浜市にある、神明神社です。ここには、現在、多くの椿があります。なかには、八百比丘尼が、植えたと伝えられる樹齢六百年の椿の木もあります。椿は、学名をカメリアジャポニカというだけに、日本原産の花といわれ、中国やヨーロッパに渡っていきました。日本では、江戸時代に園芸の椿が発展して、さまざまな椿ができました。白い椿が、もともとの椿だと、私は、思っていたのですが、実際には、赤い椿がもとで、その変種が、白い椿だといわれています。ヨーロッパでも中国でも、椿の花の改良が行なわれています。面白いことに、ヨーロッパでは、大きくて、香りの強い椿に人気があるそうですが、日本の場合は、それとは逆に、香りの全くないものが、珍重されました。信仰に結びついたのかもしれません。

椿の名前も、ヨーロッパや中国では、新しい椿を作った人の名前とか、あるいは、その人の恋人の名前がつけられましたが、日本では、羽衣《はごろも》とか、曙《あけぼの》とか、和歌から取られたものが多いのが特徴です。問題の六本の椿ですが、もともと白かった五本の椿には、名前がついていますが、薄紫色で、赤くなる椿の花は、植物図鑑にも、一切載っていませんし、名前も、ついていません。繰り返しになりますが、この奇妙な椿の花が、数本まとめて植えられていたのは、神明神社の境内でした。ところが、この奇妙な椿の花は、香りも強いですが、同時に、花自体もひじょうに強い力を持っていて、そばに、白い椿があると、その白い花が、いつの間にか赤く染まってしまうのだそうです。それが、気味悪がられて神明神社では、問題の椿の木が、以前は数本、残っていたのですが、いつの間にか、取り払われてしまい、今では、一本もないそうです」

「しかし、似顔絵の女は、たった一本だけとはいえ、問題の椿の花を持って、花屋にやって来たわけだろう？　今、君がいったように、唯一、何本かが植えられていた神明神社のものがなくなってしまっているとすれば、似顔絵の女は、いったい、どこで、問題の一本を手に入れたのかね？」

「京都の北東の、人の住んでいない山の中に、清流の流れているところがあって、その清流の岸に、何本か、生えているという話ですが、本当かどうか分かりません。一般の花屋さんに当たってみたのですが、問題の椿の木は、どこにも、売っていませんでした」

この話を、妻の直子から聞いたことは、この時、十津川は、口にしなかった。

「似顔絵の女は、なぜ、こんな椿の花を、殺された三原敏子に、贈ろうとしたんだろうね？」

「そこのところは、これから究明しなければなりません」

と、十津川は答えた。

## 4

直子の友だち四人の中で、金井富美が描いた八百比丘尼の絵が「京都藤の花賞」を受賞した。京都の大学時代の友人である直子たちが、身内でお祝いをしたのだが、今回、正式に、京都市の主催で、金井富美の、受賞を祝してパーティが開かれることになった。

日付は、六月十日、場所は、京都ホテルオークラの宴会場である。

直子や花村亜紀、後藤久美たちも、そのパーティに招待された。

直子からその話を聞いた十津川は、京都で開かれる祝賀パーティで、また、何かが起きるのではないかと不安になった。

## 5

十津川は、急遽《きゅうきょ》、亀井と、京都に向かった。京都に向かう新幹線の中で、十津川は、亀井に、

「私は今、今回の殺人事件の捜査について、難しい立場に、置かれている。東京で殺された被害者の三原敏子は、京都の人間で、私の妻、直子が、京都の女子大に通っていた頃、仲良し五人組を作っていた。今回、殺された三原敏子は、その中の一人なんだ。それに、今回の事件には、椿の花が、絡んでいると見られている」

「例の白い椿の花五本と、奇妙な、名前のない赤い椿の花一本ですね？　その椿の花が、今回の事件とどう関係があると、考えておられるんですか？」

と、亀井が、きく。

「それが、分からなくて困っているんだ」

と、十津川が、いった。

妻が、大学時代の友人たちと、作っていたという五人のグループ。その中に犯人がいるのではないかという強い疑いを、十津川は、捨て切れないのである。ひょっとすると、妻の直子も、事件に関係しているのかもしれない。

「京都では、何を調べるつもりですか？」

「今回、事件のことが、あったので、京都の寺や神社を調べ直してみたんだ。その多くは、梅や桜や、あるいは、秋の紅葉と、深く結びついているのだが、意外に、椿と結びついている寺や神社も多いということが、分かったんだ。それに、八百比丘尼だよ」

「なるほど」

「今回の事件では、寺と神社、そして、椿、第三に、八百比丘尼が、関係していると思われている」

「しかし、八百比丘尼というのは、人魚の肉を食べてしまったので、八百年という長い年月を、生きたという比丘尼のことですね。比丘尼というのは、歌や踊りで、仏の教えを日本全国に広めていった女性でしょう？　それがどうして、寺ではなく、神社にも関係してくるんですか？　私には、その辺が理解できませんが」

「たしかに、理論的には、おかしいんだが、日本の場合は、別に、おかしくはないんだ。外国だったら、二つの宗教が対立すれば、お互いに攻撃し合って、どちらかが衰退してしまう。外国のように、片方を消そうとすると、問題の比丘尼は、神社から、締め出されていただろう。しかし、日本の場合は、聖徳太子の頃から、仏教と神道を融合させてしまった。神仏習合だよ。それを、上手く、というか、大胆に説明していった。仏が、現世に現われたのが、神だというわけだよ。例えば、天照大神《あまてらすおおみかみ》は、実は、仏教の世界では、大日如来《だいにちにょらい》だというわけだよ。だから、今回の事件でも、神明神社に、八百比丘尼が、祀《まつ》られていてもおかしくはないんだ」

「頭がいいというか、かなりいい加減ですね」

「そういう方もできる。だから、神も仏もあるものかといったり、八幡大菩薩《はちまんだいぼさつ》といったりするんだが、賢明でもあると、私は思うよ。世界に、眼を向けると、宗教上の争いで、殺し合いが起きたりしているからね」

「では、今回は、小浜市の神明神社に行かれるわけですか？」

「いや、今回は、京都の寺や神社で、八百比丘尼を祀っているところ、椿の花を飾っている寺や神社を見てみたいと思っているんだ」

と、十津川は、いった。

十津川が調べたところ、京都の寺や神社では、春に奈良東大寺《とうだいじ》で行なわれるお水取りの時、水に椿の花を浮かべて祀るところが多い。冬の寒さに耐えて、椿が、花を開く。その意味で、春を告げるお水取りの行事には、赤や白の椿の花がふさわしいのだろう。

京都に着くと、十津川と亀井は、春の祭りに、椿の花を集めたり、あるいは、八百比丘尼と関係のある寺や神社を、次々に、回って歩いた。

その中には、江戸時代に作られたという、八百比丘尼の木像が安置されていたり、あるいは、境内《けいだい》に、石の比丘尼像が置かれていたりした。

その比丘尼たちは、ほとんど、手に、白い椿の花を持っている。

それらの寺や神社で、二人は、古くからの比丘尼信仰や、椿の祭りについて、いろいろと話を聞いた。

もともと、椿は、南の国から日本に入ってきたといわれる。そして、冬の寒さに耐えて、春になると、一斉に、大きな花を咲かせる椿は、日本人に好かれ、いつの間にか、日本が原産の花だといわれるようになった。

したがって、ヨーロッパや中国では、日本から輸入した椿が、改良されて、日本とは違った新種が、生まれている。

ヨーロッパや中国では、観賞用として、椿は、親しまれているが、日本の場合は、信仰と、結びついたのである。そのいい例が、八百比丘尼と、春のお水取りの時の、椿の花である。

昔から、ヤブツバキとユキツバキの二種類が自生していたといわれているが、本来は、南方の植物であり、それが、日本に来ると、なぜか寒さに耐える植物になった。雪つばきなどという言葉もその一例だろう。

それに、日本では信仰の対象にもなったので、寺や神社には、よく、椿の木が植えられているが、江戸時代になると、椿が、さまざまな形で、利用されるようになった。まず、染色に使われた。次には、椿油である。つまり、化粧品にも、医療にも、椿が、使われるようになったのである。

また、八百比丘尼が、白い椿の花を持って、仏教を広めるために、全国を行脚して歩いたことから、寺や神社では、白い椿の花を持った比丘尼が祀られるようになった。

そうした寺や神社を見て歩いた後、最後に、十津川と亀井が訪ねていったのは、京都の北にある大きな寺である。そこでも、毎年四月一日から、春を迎えるにあたって、椿の花を切り取って、手水鉢《ちょうずばち》に浮かべるのだと、いう。

十津川が、その寺の行事に、特に興味を持ったのは、手水鉢に浮かべられている、さまざまな色彩の椿の花が、自然のものではなく、造花だということだった。

なぜ、その寺が、春を呼ぶ祭りに、自然の花ではなく、造花を、使用するのか？

十津川は、その理由を知りたかったのである。

二人の刑事は、七十歳近い、その寺の住職から、話を聞くことができた。

「春を呼ぶという、大事なお祭りなのに、どうして、造花の椿を、使うのでしょうか？　この寺には、自然の椿がたくさん植えられているようですが？」

十津川が、きくと、住職は、苦笑して、

「たしかに、境内には、何本もの、椿が植えられていますよ。しかし、どういうわけか、この寺では、祭りの始まる四月の初めには、境内の椿の花が咲かないのです。春の初めの祭りには、間に合わないのです。それで仕方なく、造花の椿を、使わざるを得ないのです」

「それは、いつ頃からですか？」

「はっきりとしたことは、分かりませんが、かなり昔からだと、いわれています。この寺には、昔から、一つのいい伝えがありましてね。このあたりにも、八百比丘尼信仰というものが、ありました。その頃、この寺の境内には、椿の木は、一本もなかったといいます。そんな時に、一人の比丘尼が、寺に立ち寄って、持ってきた、白い椿の花を境内に植えたそうです。その椿は、春になると、美しい白い花を咲かせるようになりました。ところが、檀家《だんか》の人たちの中に、世にも珍しい、赤い椿が咲く自生地を知っている人がいて、この寺にも、白い花だけでは面白くない、赤い花も、境内に、植えたほうがいいと、いい出したとのことです。それで、何本かの赤い椿の木が、植えられたのです。その椿の花は、奇妙な色をしていて、最初は、薄紫色の花弁をつけるのに、いつの間にか、真っ赤な色に変わっていくのだそうです。前々から八百比丘尼信仰を信じていた、檀家の人たちは、気味悪がって、その椿を切り払ってしまおうとしたのですが、色が変わるのは、むしろ面白いじゃないかという人もいましてね。それで、問題の椿の木は、そのままにしておいたそうです。ところが、いつの間にか、境内にあった、白い椿の花が全部、赤い色に、変わってしまったというのです。比丘尼も、姿を消してしまった。その時から、この寺では、白い椿の花が、咲かなくなってしまったんですよ。そうなると、春を迎える時に、それまでは、白い花を境内から摘み取って、手水鉢に浮かべていたのですが、白い花がなくなってしまったので、その儀式が、できなくなってしまいました。それで仕方なく、造花を手水鉢に浮かべることにした。それからずっと今に至るまで、その習慣が続いているのです。今ではたくさん椿が植えられていますがね」

「珍しい赤い椿の花は、その後、どうなったんですか？　さっき、境内を、見て回ったのですが、白い椿の花は、ありましたが、赤い花はありませんでした」

「白い椿の花が、全部、赤く染まってしまった時、恐ろしくなって、問題の椿の花は全て、掘り起こされて、焼かれて、しまったそうです。ですから、今、この寺には、問題の椿は、一本もありません」

「その椿の名前は、分かっているんですか？」

「いや、それが、分かっていないのですよ。何でも、植物図鑑にも、載っていない種類だそうですから」

「写真とか、絵のようなものは、ありませんか？」

と、亀井が、きいた。

「その椿を持ち込んできた檀家の人が、焼き捨てる時に、絵に描いています。たしか、それが、あったはずです。ちょっと、見てきましょう」

そういって、住職は、奥に引っ込んでいったが、一枚の絵を、持ってきて、十津川たちに、見せてくれた。

それは、まるで、植物図鑑に描かれているような、詳細な椿の絵である。

絵の横には、

「この椿の花は、美しいが、害をもたらすによって、焼却すべし」

と、書かれている。

「最近になって、この変わった椿の花について、問い合わせはありませんでしたか？」

十津川が、住職に、きいた。

「いえ、最近は、何も、ありません。寺では、この奇妙な椿の花については、触れることを、避けてきましたからね。従って、今では、この椿の花のことを、知っている人は、ほとんどいないのですよ。ただ、今から十数年か前だったと思いますが、この椿にからんでちょっとした騒動がありました」

と、住職が、いった。

「騒動？　今から十数年前ですか？」

十津川は、その年数に、失望した。今回の事件とは、直接の関係がないのではないかと、思ったからである。

それでも一応、十津川は、住職の話を聞いてみることにした。

「今から十何年か前ですが、女子大に通っているという学生さんが数人で、ここを訪ねてきましてね。お二人と同じように、なぜ、春を告げるお祭りに、造花を使うのかと、聞かれました」

「それで、住職は、何と、答えられたのですか？」

「これは、代々、この寺に、伝わってきた行事なので、どうして造花を使うのかという理由について、外に、漏らすことはできません。そう答えました」

「そうしたら、どうなりました？」

「女性たちは、私の答えに、納得できなかったらしく、ひどく怒りましてね。春を迎える大事な儀式に、どうして、造花を使うのかと、盛んに、責められました。彼女たちは、この寺の、いわれについて、いろいろと調べて来られたようで、問題の変わった椿についても、いろいろと、知識を持っていたようなんですよ。彼女たちがいうには、問題の椿の花だけを、邪魔者扱いするのは、おかしい。まして、焼き捨てたなどということは許されない。焼き捨てた椿の木を、すぐに、復活させなさいと、強硬に主張しましてね。困ってしまったのですが、そのうちに、おそらく、彼女たちの仕業だと、思うのですが、いつの間にか、白い椿の木の中に、問題の椿の木が、植えられていたんですよ。昔、檀家のひとりが、小浜の神明神社にも同じ椿がある、と言ってましたから、彼女たちも、そこから持ってきて、植えたのかも知れません。そのあと、今度は、どうして、そんな勝手なことをするんだと、檀家の人たちが、怒ってしまいましてね。彼女たちは、彼女たちが植えた椿を、全て切って燃やしてしまったのです」

「その女性たちは、八百比丘尼のことを、何か、いっていませんでしたか？」

「比丘尼が、手に白い椿の花しか持っていないのはおかしい。たしか、そんなことを、いっていましたね」

「結局、その騒動は、どうなったんですか？」

「いろいろともめましたが、いつの間にか、自然と収まりました。たぶん、彼女たちが、大学を卒業することになって、会社に入ったり、結婚したりしたので、この寺の椿の花のことなんて、どうでもよくなったのでは、ありませんかね」

と、いって、住職が、笑った。

「その後、その女子大生たちと何かありましたか？」

「そうですね。特に、これということはありませんでしたが、今から何年か前に、その時の女子大生と思われる人から、お手紙を頂きました」

「何といってきたのですか？」

「名前が、書いてありませんでしたので、差出人は、分かりません。ただ、こんな趣旨の手紙でした。『以前、そちらにお伺いした時は、ご迷惑をおかけして、申し訳ありませんでした。最近になって、私たちも、問題の赤い椿の花は、ほかの白い椿の花を守るためにも、焼き捨てるのが、いちばんいい方法なのだと分かってきました』、そんな内容の手紙でしたね」

「その手紙は、今もお持ちになっていますか？」

「いや、持っていません。しばらく取っておいたのですが、いつの間にか、失くなってしまいました」

と、住職が、いう。

「十数年前に、こちらに押しかけてきて、問題を起こしたという、女子大生たちですが、ご住職は、今でも、顔を、覚えておられますか？」

と、十津川が、きいた。

七十歳近い住職は、目をしばたいて、考えていたが、

「申し訳ありませんが、覚えていませんね。何しろ、一昔も、前のことですからね。それに、彼女たちは、その時は、いずれも学生でした。しかし、今は、三十半ばを過ぎているんじゃないですかね？　ですから、今会っても、分からないんじゃないかと思いますよ」

と、いった。

最後に、十津川は、東京から持ってきた、問題の椿の写真を、住職に、見てもらうことにした。白い五本の椿の花と、問題の赤い一本の椿の花である。

写真は、二枚になっていて、二枚目のほうは、白い椿の花が、赤く染まってしまったことが分かる写真になっている。

十津川は、その説明をした後で、写真を、住職に、渡した。

「先ほど、ご住職は、春の行事の際に、椿の造花を使っている理由を、説明してくださいましたが、この写真も、同じように、問題の赤い椿の花は、一本だけしかないのに、ほかの五本の白い椿の花を赤く染めてしまっているのです。こちらで騒がれた椿は同じ椿だと、思われますか？」

住職は、写真を見ながら、また何度も目をしばたいた後で、

「この椿、まだ、日本のどこかに、残っていたのですか？」

「どうやら、そうらしいです。それで、この椿の木を、このお寺に持ち込んだ檀家の方が、いらっしゃるわけでしょう？　その檀家の方は、どう、処理されたんでしょうか？　境内にあった椿だけは、掘り起こして、燃やしてしまったことは、さっき、お聞きしましたが」

「何といっても、私の代よりも、さらに先代の、住職の時の話ですから、本当かどうかも、私には、分かりません。ただ、責任を感じた檀家の方が、白い椿の花の色を変

えてしまうような、椿の花は、このあたりに残しておいては、いけないと、考えて、自分が、発見した場所に行って、そこにあった同じ椿を、切り払ってしまったといわれています」

「どこに、自生していたといわれているんですか?」

「この件については、寺に残っている文献に書かれて、いるのですが、檀家の方が、責任を感じて、たしか、三人で、この椿の木のあるところに、出かけていったそうですよ。そこは、京都の北東の山の中で、清流が流れている岸のそばに、何本も咲いていたと、いわれています。檀家の方三人は、そこまで苦労して入っていき、問題の椿の木を、大半切り取って、川に流してしまったといわれています。その時、三人のうちのお一人が、足を滑らせて、川に落ち、命を落としたといわれています。その場所は、今も申し上げたように、京都の北東の山の中とだけ、伝えられていて、あまりに不吉なものですから、詳しい場所は、寺に残された文献にも、一切、書かれていません。面白がって、そこに、入っていき、問題の椿の花を探し出そうとして、祟《たた》られたりする人が出てきては困りますから、それで、正確な場所は書かなかったのではないかと、思っています」

「しかし、今、私が、お見せした写真のように、問題の椿は、誰かが持ち出して、白い椿の花と一緒に贈ろうとしていたのです。つまり、何者かが、問題の椿が自生している場所を、探し出したということになるのですが、それについては、どう、思われますか？」

　と、十津川が、きいた。

「私としては、この世の中に、いい椿と悪い椿があるとは、考えたくありません。どちらも、同じ椿の木なのですから。しかし、この椿自体は、薄紫色から、真っ赤になっていく、その変化は楽しいと思いますが、ほかの白い椿を、全て、赤く染めてしまうことを考えると、恐ろしい木でも、あります。八百比丘尼は、つねに白い椿を持っていました。中世以来ずっと、続いている物語ですから、白い椿がなくなって、比丘尼が、手に持てなくなるのは困ります。そう考えると、問題の椿は、このあたりからなくなってしかるべきとも思いますが、まだ何本か、残っていたのでしょうかね？」

「この椿を、見つけてきた檀家の子孫の方は、まだ、ご健在でしょうか？」

　と、亀井が、きいた。

「どうされるんですか？」

　住職が、亀井に、きく。

　十津川が、亀井に代わって、

「ご住職は、たぶん、問題の椿が、どこに、咲いているのか、世の中に、教えないほうがいい。そう、思われているんでしょうが、私は、刑事として、現在、殺人事件の捜査をしているので、どこに咲いているのか、それを知りたいのです。ひょっとすると、犯人は、その場所に行って、問題の椿の枝を、切り取ってきて、殺された女性に、贈ろうとしていたのかも、しれませんから」

十津川が、殺人事件の捜査ですからと、いったせいで、住職も、納得して、檀家の子孫の名前を、教えてくれた。

## 6

その檀家の子孫は、寺の近くで、名物のみたらし団子を、売っていた。その店の主人は、杉浦《すぎうら》という中年の、男である。

杉浦は、みたらし団子を、作りながら、質問に答えてくれた。

「あなた自身は、ご先祖が、発見されたという問題の椿の木を、採りにいったことは、あるんですか？」

と、十津川が、きいた。

「一度も、ありませんよ。ほとんど切り取ったと、伝え聞いていますし、不吉な場所だから、採りに行ったり、見に行ったりしては、いけないというのが、わが家の、家訓ですから」

と、杉浦が、いう。

「しかし、珍しい椿の木ということもできるんですから、どうしても、どこに、生えているのかを、聞いて、採りにいこうとする人がいるんではありませんか？」

十津川が、きいた。

「たしかに、何人も、聞きにきています。しかし、誰にも教えていませんよ。ウチにとっては、災いを、与えた木ですからね。ただ一人だけ、大学の先生ですが、植物学を、専攻されている先生がいらっしゃったので、その方にだけは、場所をお教えしました」

と、杉浦は、いった。

何でも、去年の十月頃、大学で植物を研究しているという、教授がやって来た。最初は、赤い椿の木は、先祖が、切り取ってしまったから、もうありませんよと、断ったのだが、何度も、訪ねてきて、どうしても、問題の椿が見たいと、熱心に、いうので、家に残っていた地図を、見せたという。

「その大学の先生は、問題の椿の木を手に入れたんでしょうか？」

「それは、分かりません。その後、何の連絡もありませんから」

と、杉浦が、いう。

十津川は、その大学の先生の名前を、聞いた。こうなったら、何としてでも、問題の椿を見てみたかったのである。

## 7

その日、少し遅くなったが、十津川は、亀井と二人で、芦田信一郎《あしだしんいちろう》という、F大学の教授に会いに行った。京都の郊外、西山に住んでいる六十代の、教授だった。

十津川が、問題の椿についてきくと、芦田は、笑って、

「何度も探しにいって、どうにか、小さな一本の椿の木を、手に入れました」

「ぜひ、それを、拝見したいのですが」

「残念ですが、今、ここには、ありません。鉢植えにして、大事に育てていたのですが、盗まれてしまいました」

と、芦田が、いう。

「誰に、盗まれたんですか?」

亀井が、きいた。

「大体の想像は、ついているのですが、確信はありませんから、名前は、かんべんしてください」

「ひょっとして、先生のお知り合いですか、盗んだのは?」

「分かりません」

「ひょっとして、先生の教え子じゃありませんか？」

十津川が、きくと、芦田は、

「さあ、どうですかね。昔のことなので、教え子の顔など忘れましたよ」

と、笑って、ごまかした。

その時、十津川の頭の中にあったのは、妻の直子を含めた、五人の女の顔だった。

# 第三章　思い出の椿の花

## 1

六月十五日、梅雨の真っ盛りである。すでに、十津川も亀井も、東京の捜査本部に、帰っていた。

五月二十三日に、東京で殺人事件が起きてから、間もなく一カ月が、経とうとしている。それなのに、依然として、事件解決の目途《めど》は、立っていない。

もちろん、この間約三週間、進展が、全くなかったわけではない。

五月二十三日に、東京で殺人事件が起き、その関係者の中に、妻の直子が入っていることを知った時には、十津川は、何の先入観も持たずに、冷静に捜査しようと自分に、いい聞かせた。

しかし、その後、捜査が進むにつれて、どうやら妻を含めた五人、そのうちの一人が殺されたから、残りの四人の中に、犯人がいるのではないかという疑いは、少しずつ、薄れていった。

その後、四人以外に、容疑者が、出てきたからである。

殺人現場になったホテルに、「六人目の比丘尼」と名乗って、白い椿の花を五本と、赤い椿の花一本を一緒にして、その花束を贈ろうとした女性が、いた。

他にも事件の鍵になりそうなものが、いくつか、浮かんできた。

第一は、椿の花である。今回の事件に、椿の花が、関係していることは、どうやら間違いないらしい。

第二は、八百比丘尼の存在である。

十津川は、今回の事件が起きるまで、八百比丘尼という存在を、知らなかった。

八百比丘尼は、人魚の肉を食べたために、八百年の寿命を得、日本の各地を遍歴《へんれき》して、人のために、尽《つ》くしたという。その比丘尼像と椿の花があるのは、小浜線の小浜市、その市内にある、神明神社だということも分かってきた。

学生時代、妻の直子も、他の四人も、小浜市の神明神社に行き、そこに、祀られている比丘尼の像や、境内に咲き乱れる白い椿の花を見たことがあると証言しているからである。

ただ、植物図鑑にも載っていない新種の椿の花と八百比丘尼がどう関係してくるのか、十津川には、分からなかった。

もう一つ、捜査を難しくしているのは、殺人事件が起こったのは、東京都内のホテルの一室だが、事件の関係者のほとんどが、京都に住んでいるということだった。そのため、十津川は、亀井刑事と、しばしば、京都に、足を運ばなければならなかった。

連日捜査に追われる十津川は、捜査本部に、泊まり込みを続けていたが、今日は、一時帰宅して、ゆっくり休めと、本部長の三上に、いわれていた。

2

直子は、携帯が鳴った時、ちらっと、隣の部屋に、目をやった。久しぶりに帰宅した夫の十津川が、疲れて眠っていたからだった。

携帯を耳に当てると、直子は、

「もしもし」

と、小さな声で、答えた。

「あたし、富美」

と、相手が、いった。

金井富美からの電話だった。

「今、構わない？」

富美も、気を遣《つか》って、聞いてくる。

「ええ、構わないわ。どうしたの、何かあったの？」

と、直子が、きいた。

「今回、私ね、八百比丘尼の絵で、賞をもらったでしょう？　この間のホテルオークラでのパーティにも出席してもらったし、敏子が亡くなったというのに、みんなにお祝いをしてもらって、申し訳ないと思っているの。それで、何か、記念になるようなものをみんなに、贈って、お礼しようと思っているんだけど、どうかしら？」

と、富美が、いう。

「そうね、いいんじゃないの。そういうことなら、私より、亜紀に相談したほうがいいんじゃないの？」

と、直子が、いった。

五人の中では、花村亜紀が、いつも、世話役を務めていたからだった。

「実は、私も、そう思って、二日前から亜紀にずっと、電話しているんだけど、連絡が取れないのよ。どこか、海外に旅行に行くとかって話、直子は、聞いて、ない？」

と、富美が、いった。

「亜紀は、ご主人と、新京極通りに、骨董の店を出しているんでしょう？　そっちには、電話してみたの？」

「もちろん、何度も電話したわ。でも、誰も出ないの。それで、昨日、直接、新京極通りのお店に、行ってみたら、閉まっていたわ」

「ご主人と二人で、旅行にでも、出かけたんじゃないの？」

「そう思ったから、彼女の携帯に、かけているんだけど、全然、通じないのよ」

「久美にも、きいてみた？」

と、直子が、きいた。

「ええ、もちろん、きいたわ。でも、彼女も、亜紀のことは、知らないといっていたわ。敏子のことがあるから、何だか少し、心配になってしまって」

と、富美が、いう。

彼女のいう通りだった。四人の仲間の一人がここにきて、行方不明になれば、心配になるのは当然だった。

その時、隣の部屋で、夫の十津川が起き出す気配がした。どうやら、知らず知らずのうちに、直子の声が、大きくなってしまっていたらしい。

慌てて、直子は、

「ごめんね。後で、こちらからもう一度、かけ直すわ」

と、富美にいって、携帯を切った。

十津川が、顔を、覗《のぞ》かせた。

「どうも、起こしてしまったみたいね。ごめんなさい」

直子が、いうと、十津川は、パジャマ姿で、居間に入ってきて、

「何か、あったんじゃないのか？」

「たった今ね、京都の金井富美から、電話があったの」

「金井富美というと、今回、日本画で賞をもらった人だろう？」

「そうよ」

「彼女から、どんな電話が、あったんだ？」

「賞をもらって、みんなに、お祝いをしてもらったので、そのお礼を、したいんだが、どんなふうに、お礼をしたらいいのかと、相談されたの。そういうことなら、世話役の、花村亜紀に相談したほうがいいんじゃないのといったの」

「それで？」

「そうしたら、自分でも、そう思ってたから、亜紀に、電話をしているんだけど、この二日間、全く、連絡がつかないって、いっているの」

「たしか、花村亜紀さんという人は、ご主人と一緒に、京都市内で、骨董の店を出しているんだったたっけね？」

「ええ、そうなの。その骨董の店も、昨日、訪ねていってみたら、閉まっていて、亜

紀は、いなかった。そういっているの」

「君から、その花村亜紀さんに、連絡することは、できないのか？」

「携帯の番号は、知っているから、かけてみるわ」

直子は、自分の携帯を、取り出して、かけてみた。

しかし、何の、応答もない。

直子の顔には、不安の色が、浮かんでいる。

十津川は、居間の椅子に腰を下ろすと、直子に、向かって、

「君に一つ、ききたいことが、あったんだ」

「私たち五人のことでしょう？」

「ああ、ぜひききたい」

十津川は、強い口調で、いった。

3

「まず、名前を、確認するよ」

と、十津川は、続けて、

「十津川直子、金井富美、花村亜紀、後藤久美、三原敏子、この五人だよね。そのう

ち、三原敏子さんは、五月二十三日に、東京のMホテルで殺された」

「そうよ」

「大学時代に、そのグループが、作られた」

「そうなの。大学三年生の時、気が合う五人で、グループを作ったの。自称美女軍団」

「その会には、規則のようなものは、あったの？」

「別に、ちゃんとした規則とか、規約のようなものは、なかったけど、なぜか、五人とも、椿の花が、好きだったの。それに、五人とも、比丘尼信仰に、関心を持っていて、時々、小浜市の神明神社に、行っていたわ」

「君が大学を卒業して、今年でたしか、十二年だったね？」

「ええ、十二年だわ」

「社会人になってからも、他の四人と交流は、続いていたの？」

「私は、一人だけ、東京に帰ってきてしまっていたから、他の四人と交流は少なくなっていたけど、京都に残っていた四人は、たまには会ったりしていたみたいね」

直子が、いった。

「これも、確認したいんだけど、花村亜紀さんは、ご主人と一緒に、京都で、骨董の店をやっている。後藤久美さんは、結婚して、すでに、娘さんがいる。金井富美さんも結婚していて、ずっと日本画を描いている。今回、それで、賞をもらった。三原敏子さんは、独身で、三原交易という、家具を輸入販売する会社を、マンションの一室で、経営していた。東南アジアからの帰りに、東京のMホテルに寄ったところで、殺されてしまった。独身なのは、殺された、三原敏子さんだけということになる。そういうことだよね？」

「ええ、そう」

「それじゃあ、ほかの三人のご主人について、知っている範囲でいいから、どんな人なのか、教えてくれないか？」

と、十津川が、いった。

「花村亜紀のご主人は、亜紀より、十歳年上で、骨董の店を、やっているくらいだから、もちろん、骨董に、詳しい人。一度だけ会ったことがあるけど、物静かな、落ち着いた紳士で、いかにも、京都で、骨董を商《あきな》っている人という感じがしたわ。後藤久美のご主人は、五歳年上で、フリーのカメラマン。だから、時々、世界で大きな事件が起きると、久美のことをほったらかして、飛んでいってしまうこともあるけど、夫婦仲は良かったと思う。でも、亜紀の話では、最近、離婚話のウワサもあるらしいの」

「なるほど。それで、金井富美さんのご主人は？」

「金井富美のご主人は、彼女と同じ画家だったと思うわ。といっても、日本画ではなくて、洋画だったと思う。ただ、それほど、有名な画家というわけではなくて、絵を描きながら、何かアルバイトをやっているというような話を、聞いたことがあるわ」

「正直にいうとね、最初は、君を含めて四人の中に、犯人がいるんじゃないかと、思ったんだよ。しかし、こちらで、調べてみると、問題の五月二十三日については全員にアリバイらしいものがあった」

「当たり前だわ。昔も今も、みんな、仲良し五人組で、その中で、誰かが仲間を殺すようなことは、絶対にしないと思う」

と、直子が、いう。それに対して、十津川は、

「君は、そう、思っているかもしれないが、私は、刑事だからね。どんなに、仲のいいグループでも、疑いを持って、調べることにしているんだ」

と、いった。

「それにしても、どうして、三原敏子が殺されたのか、見当がつかないの。警察は、どうなの、殺される理由のようなものを見つけているの？」

と、直子が、きいた。

「残念ながら、まだ見つかっていないんだ。京都府警に頼んで、三原敏子さんのことを、いろいろと、調べてもらったんだが、三原交易という会社を、一人でやっていて、東南アジアから、安い家具などを輸入して、それを売っていたらしい。しかしさほど利益は、上がっていなかったみたいで、かなり、厳しい経営状態だったようだ。だが、

取引先に、金銭面で、迷惑をかけたことはなく、評判は良かった。だから、商売のことで、誰かに、恨まれているような形跡はないと、京都府警は、いっていた」

「私も、そう思うわ。敏子は、五人の中では、いつも、いちばん元気がよかったから。自分で、何か仕事をやりたい。会社を立ち上げたいと、昔からいっていたわ。それで、東南アジアの国々から、素敵な家具を、輸入し販売する仕事を、やっていたそうよ。彼女は自分の目で見て、確かな物しか買わないから、それなりに頑張っていたんだと思う」

「君を含めたあとの四人と三原敏子さんが、何か問題を起こしたようなことも、なかったみたいだね？」

「ええ、その通り。だって、彼女が、三原交易という輸入販売会社をやっていることで、私を含めたほかの四人が、困ったことなんて、一度もなかった。彼女が、会社を、立ち上げた時にも、みんなで祝福していたの。中には、冗談で、もし、彼女の三原交易がうまく行って、大会社になったら、雇ってもらおうじゃないのなんて、冗談をいっていた人もいたくらいだったわ」

と、いって、直子は、微笑した。

「第一の問題は、東京駅の花屋で、椿の花を買い、白い椿の花五本と、自分が持ってきたと思われる赤い椿の花一本を花束にして、ホテルの被害者に贈ろうとした女性だ。

その花束に添えたカードには、『六人目の比丘尼』と書いてあった」

　十津川は、

「これが、その花束の写真だよ」

　と、いって、一枚の写真を、直子の前に置いた。

「これは、私たちが、贈ったものじゃないわ。私たちは、全員、白い椿の花は、好きだけど、赤い椿の花は、理由があって嫌いだったから」

　と、直子が、いう。

「それで、君に、ききたいんだが、この花束の女性のことで、何か思い当たることはないかな？　この女性が、犯人だとすれば、君たち五人組か、被害者に、恨みを持っていたと思うんだがね」

4

　直子は、しばらく考えてから、

「五人組を作った時から、もう十二年、いや、十三年も、経っているのよ。だから、その頃、どんなことがあったのか、なかなか、思い出せないの」

　と、いう。

「例えば、君たち五人組に、入れてもらおうと思って、近づいてきた、そんな同窓生は、いないのかね？　わけがあって、その同窓生を入れてやらなかったことで、今も、それを、恨んでいる人がいる可能性はないかな？」

十津川が、きくと、直子は、笑って、

「私たちの五人組といったって、自分たちじゃふざけて、美女軍団と称していたけど、そんなに、意思堅固な、グループというわけじゃなかったのよ。ただ、比丘尼信仰に興味を持っていたし、椿の花が好きで、特に、白い椿の花が、好きだった。それで、何回か、小浜市の、神明神社に、比丘尼像と白い椿の花を見に行った。それは、よく覚えているけど、私たちの行動を邪魔《じゃま》した人がいたかどうかは、思い出せないわ。それに、私たちの、グループに入りたくて、近づいてきた人が、いたかもしれないけど、断ったという記憶もないの」

「君たち五人は、大学の三年生の時に、グループを、作ったんだよね？」

「そう」

「もう一つは、君がいった、植物図鑑にも載っていないという椿の花のことなんだ。この椿は、本当に、実在したんだよね？」

「まだ在学中の話なんだけど、この椿のことが、新聞に、載ったことがあったの。私たちが、何回か、訪ねた神明神社は、比丘尼像と白い椿の花の大きな群落で有名なところなんだけど、そこに、赤い椿の花が入ってきて、その後、どんどん白い椿の花のほうを、侵食していったというのよ。白い椿の花が、いつの間にか、赤い椿の花に、変わってしまうので、神社のほうでも、困ってしまって、問題の赤い椿の花を全部抜き取って、処分してしまった。そのことは本当にあったことなの」

「その問題の椿が、どう、今回の事件に関係しているのかが、はっきりしないんだ。東京駅の花屋で、白い椿の花を五本買った女性がいて、その女性が、赤い椿の花を一本だけ添えて花束を作って贈った。そうしたら、ほかの残りの五本の白い椿の花も、いつの間にか、全部赤くなってしまった。これは強烈な印象だったから、私も、よく覚えている。それから、問題の赤い椿の花について、芦田信一郎という、植物学者が、研究しているんだが、このF大学の先生のことは、君は、知っているのか？」

「在学中に、この先生の名前を、聞いたことがあるわ。その頃、まだ五十代の大学の先生で、問題の椿の花について、研究しているという、その分野では、有名な先生だったのよ」

「私も、京都に行った時、この芦田先生に会っているんだ。その時に聞いた話では、問題の椿の花は、京都郊外の、清流の岸のそばに自生しているが、自分としては、その場所のことはいいたくない。ただ、一本だけ見つけて、そこから持ってきて研究していたところ、その一本が盗まれてしまった。そう証言したよ。もし、その芦田先生の証言が本当なら、『六人目の比丘尼』とカードに書いた女性が、この芦田先生から、問題の赤い椿を盗み出したということになるんだ」

「何度もいうけど、その女性に心当たりはないわ」

「この椿だけど、今聞くと君が在学中から問題になっていたんだね？」

「ええ、大きく新聞に載ったことがあったから」

「その頃、君たちのグループと、ほかのグループが、衝突したようなことはなかったのかね？　問題の椿の花について、論争のようなものがあったりしてだよ」

十津川が、きいた。

「ちょっと待って。今、考えているところだから」

と、直子が、遮《さえぎ》った。

「じゃあ、何か、あったんだね？」

「私一人では、自信がないから、明日の朝になったら、後藤久美か、金井富美に電話をして確認してみる。それで、何か分かったら教える。約束する」

と、直子は、いった。

5

夜が明けてから、直子は、京都にいる金井富美に、電話をした。

「亜紀が行方不明になったことを、主人に話したの。彼女は、事件の関係者だから、警察でも、探してみるっていっていたし、主人のほうから、京都府警にも連絡をするでしょうから、あなたも、事情を聞かれるかもしれないわ」

と、いった後で、

「大学在学中、小浜市の神明神社の、白い椿の花が、問題の赤い椿のせいで、だんだんと赤くなってしまったことが、あったじゃない？　あの頃、私たちの周囲で何か問題があったかしら？」

と、直子が、きいた。

「実は、私も、そのことを、ずっと考えていたの」

と、富美が、いった。

「それで、何か思い出した？」

「たしか、学園祭の時だったかに、何か、八百比丘尼が登場する、劇をやることになって、椿の花を用意することになったけど、白がいいか、それとも、赤がいいかということで、ちょっとした論争が、起きたのじゃなかったかしら。私たちは、もちろん、椿には詳しく、八百比丘尼が、白い椿の花を持っていたことも、知っていたので、白い椿の花のほうがいいと、主張したんだけど、相手は、同じ三年生たちだったと思うんだけど、椿は、白い花は、ダメだ、赤い花のほうが絶対にきれいだといって、小浜の神明神社に行って、赤い椿の花を、何本も取ってきて、舞台全体を、赤い椿の花で一杯にした。そんなことが、あったじゃないの？　私たちも、意地になって、その芝《しば》居《い》を見なかったんだけど」

　と、富美が、いった。

「思い出した」

　と、思わず、直子も、大声を出した。

　直子たちが、大学三年の時である。三年の秋の学園祭で、四年生が、芝居をすることになった。どんな芝居だったのかは忘れてしまったが、舞台の全面に椿の花を咲かせて、そこで芝居をすることになり、三年生の直子たちは、その舞台の小道具係で、椿の花を用意するようにと、四年生からいわれていた。

　そこで、直子たちは、白い椿の花を用意して、それを舞台一杯に、咲かせることにした。ところが、結束の強い美女軍団五人組に、反発して、別グループを作っていた同じ三年生の中に、直子たちに反対して、わざわざ神明神社に行き、問題の赤い椿の花を大量に取ってきて、それを、舞台に散らした人たちがいたのである。

するとと、白い椿の花は、いつの間にか、赤く染まってしまい、舞台は、赤一色に、なってしまった。

それを見て、芝居をする四年生たちが怒った。舞台には、赤い椿の花だけではなくて、白い椿の花も、あったほうが、華やかでいいと思っていたからである。

直子たちは、どうして、白い椿の花が消えて、全部、赤い椿に、なってしまったのか、その理由を、知っていたが、上級生には、自分たちに反対する三年生の学生たちが、直子たちが集めた白い椿の花を捨ててしまって、全部、赤い椿の花にしてしまったのだと、いい張った。

それで、上級生たちは怒って、問題の女子学生たちを、学園祭から、締め出してしまったのである。

直子たちは、バツが悪くなり、結局、その芝居を見なかった。

たしか、そんなことがあったのだ。

「その時の、向こうの学生の名前を、富美は、覚えている？」

と、直子が、きいた。

「たしか、向こうのリーダーは、相原《あいはら》といったと思うんだけど、相原なんというのか、下の名前は、覚えてないわ」

と、富美が、いった。

# 6

直子は、思い出したその話を、夫の十津川に伝えた。

「そうか、十三年前の、大学の学園祭で、そんなことがあったのか」

「そうなんだけど、学園祭がモメて、その後どうなったか、よく、覚えていないのよ」

と、直子が、いった。

「確認するが、その時、上級生の四年生が、芝居を、することになっていた。君たち三年生は、小道具係として、舞台に使う椿の花を、用意するようにいわれた。そこで、君たちは、白い椿の花を用意した。そうだね？」

「ええ、たしか、その芝居は、八百比丘尼が、出てくるストーリーだったと、思うの。八百比丘尼が、登場するのなら、絶対に、白い椿でなきゃおかしいでしょう？　そう思って、白い椿を用意したわけ」

「ところが、ほかの三年生たちが、赤い椿の花を、用意したんだね？　しかし、彼女たちは、問題の椿のことを知らずに、神明神社の赤い椿を持ってきた。そのリーダーの名前は覚えていないのか？」

「富美は、相原といったというんだけど、私ははっきり、覚えていない。相原だったかもしれないし、違うかもしれないわ」

「芝居をやる上級生たちは、舞台には、赤白の両方の椿の花が、あったほうがいいと、そう思っていたんだろう？」

「そうだと思うの。それで、舞台全体が赤い椿になってしまったんで、怒ったのは、よく覚えている」

「そこで、君たちは、他の三年生たちが、白い椿の花を、全部捨ててしまって、赤い椿の花ばかりにしたと、上級生に、いったんだね？」

「ええ、そうなの。癪《しゃく》に障《さわ》ったから、上級生に、そういってやったの」

「それで、どうなった？」

「よく、覚えていないんだけど、たしか、赤い椿の花を持ってきた三年生たちは、上級生からボイコットされて、小道具係を、クビになったんだと思うわ。それで、私たちが心の中で歓声を上げたことを、覚えている」

と、直子が、いった。

「それじゃあ、これから、一緒に、京都に行ってくれないか？」

と、十津川が、いった。

「京都に行って、問題の学園祭のことを、調べるの？」

「でも、その後、私たちには何もなかったわよ。一年後に、みんな卒業して、それから十二年経っているんだけど、事件のようなものは何も起きなかったから」

「ああ、そうだ」

「そうかもしれないが、それでも、行ってみたいんだよ」

と、十津川が、強くいった。

7

十津川は、三上本部長に断って、急遽、新幹線で、直子と一緒に、京都に向かった。

京都駅に着くと、まっすぐ、直子が卒業した京都K女子大に、向かった。

大学の事務局に行き、十三年前の、学園祭のことをきいた。

事務局の職員は、その時の、学園祭の写真や、問題の演劇の配役などの名前が書いてあるパンフレットを、見せてくれた。

芝居の題名は「今に生きる比丘尼伝説」だった。舞台の写真を見ると、白い椿の花と赤い椿の花が、ほとんど同じくらいの量で、舞台を飾っている。

「舞台で使った椿の花は、急遽、揃《そろ》えたのですか？」

十津川が、きくと、事務局の職員は、笑って、

「さぁ、詳しいことは、分かりませんが、上級生の芝居を、下級生の女の子たちが、手伝ったということで、競い合って集めてきたそうです」

と、いった。

四年生の配役が書かれてあった次のページには、小道具係として、三原敏子、相原樹里《じゅり》ほかと書いてある。

「やっぱり、相原だよ。ここに、書いてある」

と、小声で、十津川が、直子に、いった。

「そうね。相原樹里。少しだけ思い出してきたわ」

直子が、いった。

主役の欄には、当時、最上級生の四年生だった三条恵美《さんじょうえみ》という名前があった。

「この人のことは、覚えている？」

十津川が、直子に、きいた。

「たしか背が高くて、陸上の選手もやっていたから、みんなの、憧れの的《まと》だった。それは覚えているわ。学園祭のあとに、謎の飛び降り自殺をして、騒がれた人よ」

「この三条恵美という人について、知りたいのですが」

十津川が、事務局の女性に、きいた。

「残念ですが、三条恵美さんについての身辺資料は、残っておりません。卒業直前に亡くなられたので、在学中のことしかわかりません」

との答えが返ってきた。

「では、相原樹里さんという人はどうですか?」

十津川が、続けて、きいた。

「この相原樹里さんのほうは、今、居どころが、不明です。彼女は、京都市内の、大きな旅館の娘さんで、家業を手伝っていたはずです。その点は、三条恵美さんに似ています。彼女も料亭の娘ですから。相原さんは、たまたま昨日、卒業生名簿を作り直すため、連絡を取ったのですが、行方不明になっています。旅館業以外にも、いろいろな会社の顧問をしている有力者の父親にも、連絡を、入れてみたんですが、父親も娘さんを捜していると言うんです」

と、事務局の女性が、申し訳なさそうな顔で、いった。

十津川は、問題の芝居をやった時の主役、三条恵美と、小道具係、相原樹里の二人の写真を、借りることにした。

## 8

二人は、京都三条にあるホテルにチェックインした後、直子は、金井富美夫妻に、会いに出かけ、十津川は、京都府警の安田《やすだ》警部に、会いに行った。

花村亜紀夫妻の捜索願が、地元の警察署に出されているので、安田警部も、そのことを承知していた。

「何だか、事件が広がりそうな雲行きですね」

と、安田は、いう。

「私も、そんな気がして、不安を感じています」

十津川は、正直に、いった。

その後で、十津川は、直子から聞いた十三年前の事件について、安田に話した。

安田は、すぐ、十三年前の学園祭の出来事について調べてくれたが、

「女子大で、起きたイザコザについては、何の調書も、残っていませんね。事件として、広がらなかったに、違いありません」

と、いう。

たしかに、女子大の学園祭で、何かもめ事があったとしても、そんなことでは、警察は動かないだろう。

十津川は、学園祭の主役の一人三条恵美という女性についても、調べてほしいと、安田警部に頼んだ。彼女の、その時の舞台の写真を見せて、

「この三条恵美ですが、十三年前の学園祭の出来事について、彼女に、話を聞こうと

思ったのですが、すでに、亡くなっていると、いわれたのです。特に、問題はないと、思うのですが、一応、どんな状況で亡くなったのか、それを、調べていただきたいのです」

「分かりました。すぐに調べてみましょう」

と、安田は、気軽に応じたが、その後で、

「今度の事件に、三条恵美というその女性が関係していると、思っていらっしゃるんですか？」

「それは、分かりません。しかし、何だか気になるんですよ」

とだけ、十津川は、いった。三条恵美という女性に関して、全く何も、知らなかったからである。それにも拘《かかわ》らず、何か引っかかるのだ。

安田は、十津川を待たせておいて、三条恵美という女性について、調べてくれた。

その結果、彼女は、渡月橋近くにある料亭の娘だと分かったといい、

「これから、その料亭に、一緒に行ってみませんか？」

と、十津川を誘った。

京都府警のパトカーで、十津川は、嵐山《あらしやま》に向かった。渡月橋の近くにある、かなり大きな料亭である。

そこで、十津川と安田は、三条恵美の両親に会った。

十津川は、大学で借りてきた十三年前の写真を見せ、

「この女性は、お宅のお嬢さんに間違いありませんか?」

「ええ」

とだけ、母親が、うなずく。

「恵美さんは、大学卒業前に、亡くなられたんですね?」

安田が、きいた。

父親は、ムッとした顔で、一言もしゃべらず黙っている。

悦子《えつこ》という母親のほうが、

「娘が亡くなって、もう十三年になります。卒業を目前に控えて、突然、亡くなってしまいました」

「よろしかったら、お嬢さんの亡くなる前後のことを、詳しく、話していただけませんか?」

と、十津川が、頼んだ。

母親の悦子の話は、こうだった。

# 9

「十三年前の十一月五日、寒い日でしたよ」

と、悦子は、いう。

夕方になって、娘の恵美が、突然、人に会うことになったといって、行き先も告げずに、出かけていった。

夜遅くなっても、帰ってこなかったので、心配していたが、とうとう、朝になってしまった。そして、恵美が、十階建ての雑居ビルの屋上から、飛び降り自殺をしたという知らせが、届いたのである。

京都の東山にある雑居ビルだった。十階の屋上から、飛び降りたらしいと、警察から知らされた。

屋上には、遺書らしきものが、残っていた。白い封筒に入れられた便箋が一枚あり、そこには、

「ごめんなさい。ご期待に応えられなくて、お詫《わ》びのしようもありません」

としか、書かれていなかった。

もちろん、両親は、その言葉が自殺を示唆するものとは、信じなかった。

## 10

「だって、行く行くは、家業を継いであげるとそういってくれていたんで、喜んでいたんですよ」

　と、悦子が、いった。

　父親のほうは、相変わらず、怒ったような顔で、黙っている。

「遺書の字は、恵美さんのものと、断定されたんですか？」

　と、安田が、きく。

「字は娘のものと、よく似ていましたが、本当に、娘が書いたものかどうかは、分かりませんでした。それより、娘には、自殺をしなければならないような理由なんて、何もなかったんです」

「しかし、自殺ということで、処理されてしまった？」

「ええ、自殺する理由は、ないと思っても、警察には、自殺以外には、考えようがないといわれて――」

　と、悦子が、いった。

「恵美さんは、どんな娘さんでしたか？」

十津川が、きいた。

「明るくて、世話好きな子でしたよ。だから、ウチのような、料亭の女将《おかみ》には、ピッタリなんですよ」

と、また、悦子は、悔しそうに、いう。

「恵美さんは、その年の、十月の学園祭で、比丘尼伝説という芝居の主役を、演じました。そのことはご存じでしたか？」

「ええ、もちろん知っていましたよ。夫婦揃って、見に行きましたからね」

と、初めて、父親が、口を開いた。

「亡くなったのは、その一カ月後ですね？」

「そうです」

「その芝居ですが、何か、文句は、出ませんでしたか？」

「文句といいますと？」

「例えば、その芝居について、ストーリーがおかしいんじゃないかとか、演技がヘタだとか、そういった批判ですが」

「いいえ、そんなことは、全く、ありませんでしたよ。むしろ、学生がやったにしてはよくできた芝居だと、地元の新聞に誉《ほ》められたくらいです」

と、悦子が、いった。

「芝居のことで、恵美さんが、何か、悩んでいたようなことは、ありませんでしたか？」

「いいえ、そんなことは、何もなかったと思います」

と、悦子は、いい、十津川は、三条恵美が飛び降り自殺をしたという、東山にある、十階建ての雑居ビルの場所を教えてもらって、安田警部とそこに行ってみることにした。

## 11

東山にある十階建ての雑居ビル。現在、京都の建築には高さの制限があるが、その頃は、十階までは、認められていた。そこで、慌てて建てたビルなので、やたらに、背の高いノッポビルである。

入口を入っていくと、そこに、管理人室があった。覗いてみたが、管理人は、いなかった。毎日ではなく、どうやら、一日おきにきているらしい。

突き当たりにエレベーターがあり、それに乗って、十階まで上がっていく。着いたところには、部屋が二つあったが、その横に、屋上への階段があった。

二人は、その階段を上っていった。

「この事件について、はっきり思い出しました。自殺だと、断定するまでに、一カ月も、かかりましたから」

と、安田警部が、いった。

「何だか、モメたみたいですね」

「ええ、さっき会った両親が、強硬《きょうこう》に主張しましてね。ウチの娘が、自殺なんて、するはずがない。絶対に、誰かに殺されたんだ。だから、一日も早く、犯人を捕まえてくれと、そう強硬にいわれましてね。ですから、自殺だと説得するのに、時間がかかったのです」

「他殺という可能性は、全くなかったのですか？」

「三条恵美という女性は、あの大学では、下級生全員の憧れの的のような、存在だったんですよ。美人で背が高くて、頭がよくて、素敵な女性でしたからね。そんな女性が殺されるなんて、誰も思わなかった。そう思っていましたから、殺人の証拠が、何も見つからなかった時は、当然だと思いました」

と、安田が、いった。

「遺書らしきものは、封筒に入った便箋一枚、それに『ごめんなさい。ご期待に応えられなくて、お詫びのしようもありません』という、文字があった。それだけですね？」

「そうです。それだけです。しかし、短い遺書というのは、いくらでもありますからね。特に、若い女性ともなれば、誰にも、知られたくないような自殺の原因もあり得るじゃないですか？　万感の思いがあるのに、かえって、たった一行の遺書しか書けなかった。そういうことだって考えられると、思ったのですよ。われわれが筆跡鑑定をしたら、ほぼ本人のものだという鑑定結果も、出ていましたしね」

と、安田が、いった。

「自殺と、断定するまでに、一カ月の時間がかかったんですね？」

「そうです。さっきもいったように、その一カ月の時間というのは、あの両親を、説得するための時間でしたね」

と、安田は、繰り返した。

「三条恵美さんが死んだ後、何か、ありませんでしたか？　例えば、捜査本部に、あれは自殺じゃない、他殺だという投書が、あったとか、電話がかかってきたといったことですが」

「それは、いくつかありましたよ。今もいったように、彼女は、美人で頭もいい。下級生全員の、憧れの的の女性でしたからね。われわれが自殺と断定した後、新聞社に、あれは、自殺のはずがないという手紙が何通かあったそうです」

「ほかにも、投書があったんでしょうか？」

「普通に、彼女が、自殺するはずがないという、これはたぶん、下級生からの投書だと思われるのがありましたが、中には、バカらしいものもあって、彼女は、俺と結婚する予定だったから、自殺するはずがない。二人の仲を羨《うらや》んだ奴《やつ》に、殺されたんだという男の投書もありました。この男は、見つけ出して、こっぴどく、意見してやりましたがね」

そういって、安田は、笑った。

「もう一つ、花村亜紀のことですが、何とか、彼女を、見つけてほしいと思います」

「もちろん、こちらもそう思っています。何しろ、彼女は、東京で起きた、殺人事件の参考人のひとりですからね」

と、安田が、いった。

十津川は、安田警部に頼んで、一緒に三条警察署に回ってもらった。そこに、彼女の捜索願が出ていたからである。

生活安全課に行って確認すると、たしかに、花村夫妻に対する捜索願が、出ていた。出したのは、夫の兄だった。兄も、骨董の仕事を、やっていると分かった。

「それで、その後、少しは、進展がありましたか？」

十津川が、生活安全課の警察官に、きいた。

「まだ捜索願を、受理したばかりですから、これといった進展は、ありません。ただ、一つだけ、同じ骨董商仲間の、証言があります」

「どういう証言ですか？」

「花村夫妻の夫のほうが、その骨董商に電話をしてきて、これから、掘り出し物の骨董品を見に行くので、楽しみだと、いっていたそうです。もし、花村夫妻が、誘拐されたのだとすると、この電話が気になります」

と、生活安全課の警察官が、いった。

その証言は、十津川を、不安にした。

十津川は、安田警部と、別れると、携帯で、妻の直子を、呼び出した。

二人は、三条烏丸《からすま》のホテルのロビーで、落ち合った。

「金井富美も、後藤久美も、とても心配していたわ。突然、仲間の三原敏子が、殺されてしまったりしたからかもしれないいんだけど」

直子が、暗い表情で、いった。

「こっちは、骨董商仲間の証言で、花村夫妻は、何者かに、掘り出し物の骨董品があるからといって、誘われ、どこかに出かけたことが分かったよ。呼び出した人間が、犯人かもしれないいな」

と、十津川が、いった。

「犯人かもしれないいって、まさか、花村亜紀までが、殺されたというわけじゃないいんでしょうね？」

直子は、十津川をにらむような目をした。

「いや、そんなに、簡単には、人は、人を、殺さないよ」

とだけ、十津川が、いった。

しかし、失踪した花村亜紀が見つかるまで、何となく、東京には、帰りにくい。

十津川は、妻の直子と、三条のホテルに、泊まったのだが、翌六月十七日の朝、事件が起きた。

嵯峨野の或《あ》る池の真ん中あたりで、ゆらゆらと、揺れているボートが発見された。

貸しボートの一艘《いっそう》で、夜のうちに、誰かが漕《こ》いで、池の真ん中まで行ったのか、あるいは、風に流されて、池の真ん中に、行ったのかは、分からなかった。

しかし、そのボートの中には、中年の男女が折り重なるようにして倒れて、死んでいたのである。持っていた運転免許証から、行方不明になっていた、花村夫妻であることが判明した。

京都府警の安田警部が指揮を執って、池の岸に、ボートを引き寄せ、そこから、捜査が始まった。

十津川は、安田警部から連絡を受けて、妻の直子と一緒に、嵯峨野に、急いだ。

今日も、小雨が降っていて、小雨の中での、現場検証である。

安田警部が、十津川に近づいてきて、

「二人とも、死因は、どうやら、青酸中毒と思われます」

と、教えてくれた。

「殺害の現場が、ここかどうかも、分かりません」

とも、安田は、いう。

ほかのところで、二人は、青酸カリ入りの何かを飲み、その後、ここに運ばれ、貸しボートに乗せられて池の中央に押し出されたのかもしれない。

十津川と直子は、しばらくの間、少し離れたところから、京都府警の、捜査に注目した。

二人が心中したとは、十津川は、全く考えていなかった。

もし、今までの捜査の過程で、「六人目の比丘尼」という謎の女性が、現われていなかったら、妻の直子を含めた四人の女の中に、犯人がいて、その犯人が花村亜紀だとすれば、夫とともに、服毒自殺をしたと、考えたかもしれない。

しかし、今は、直子たちの他に、六人目の女がいて、それが、犯行を重ねている。

十津川は、そう、考えていたから、今度の花村夫妻の死も、同じく第六の比丘尼の犯行だと、確信するように、なっていた。

京都府警が調べたことを、安田警部は、逐一《ちくいち》、十津川夫妻にも知らせてくれた。

池のボート小屋には、昼間は管理人がいるが、夜になると帰ってしまう。ボートは、繋がれたままである。

だから、夜の間なら、誰でも、自由に、その繋がれたボートを使って、池の中央に、漕ぎ出すこともできるし、死体をボートに隠しておくこともできる。

「おそらく、今回の犯人は、昨夜遅く、ここに死体を運んできて、ボートに乗せて、池の中央に、ボートを流したのでしょう。それ以外には考えられませんね」

と、安田警部は、いった。

「花村亜紀の夫ですけど、男性にしては、小柄な人ですね」

と、十津川が、いった。

「そうです。身長百五十七、八センチ、体重は、せいぜい五十キロといったところじゃありませんか？　小柄な男性です。ですから、女性でも、ここまで、車で運んできて、死体をボートに、乗せることは、可能だと思いますよ」

と、安田警部が、いった。

二人の死体は、司法解剖のために、大学病院に、運ばれていった。

その夜、直子の携帯が、何度となく鳴った。

相手の一人は、金井富美だった。テレビのニュースで事件のことを知って、直子に電話してきたのだ。

「動揺している彼女のことが、心配だから、これから行ってくる」

直子は、そういって、出かけていった。

十津川は、京都府警の安田警部と一緒に、捜査本部に行き、そこで、司法解剖の結果が出るのを待つことにした。

二時間ほどして、司法解剖の結果が知らされた。

死亡推定時刻は、昨日、六月十六日の午後九時から十時の間。死因は、青酸カリによる中毒死だった。

二人の胃の中には、ビールと、青酸液が残っていたともいう。

犯人は、ビールの中に、青酸カリを溶かして入れ、それを、花村夫妻に、飲ませたのだろう。

ほかにも分かったことがあった。花村亜紀は、ハイヒールの片方が脱げていて、その片方は、池の周辺や、ボートの中からは発見されなかった。

十津川や安田警部が、推理していたように、二人は、池から離れた、どこか別のところで、青酸カリで殺され、ここまで運ばれて、貸しボートの中に遺棄されたのだろう。そのボートは、風で、池の中央に運ばれた。

もう一つ、殺された花村亜紀の胸元には、赤い花が、留めてあった。その赤い花について、調べたところ、やはり、植物図鑑には載っていない例の赤い椿の花であることが分かった。

「どうやら、犯人は、自分を隠せなくなったみたいですね」

十津川は、安田警部に、いった。

「犯人は、殺した花村亜紀の胸元に、赤い椿の花を、挿しておいた。犯人は、自分を、隠せなくなった。いや隠さなくなったんです。犯人は、東京で、三原敏子を殺した犯人と同一人物でしょう。おそらく、なんらかの恨みから、五人組をターゲットに、しているると思われます。それを、わざと、明らかにしているんです」

「それで、十津川さんは、これからどうなると、考えますか？」

と、安田が、きいた。

「今後、五人組の残った三人を狙う可能性が、強く、なりました」

と、十津川が、いった。

# 第四章　女の嫉妬

## 1

ようやく、殺人事件の動機らしいものが見つかった。

その対価といったらおかしいが、五人組の一人、花村亜紀と夫の二人が、ビールに混ぜたと思われる青酸カリで、何者かに毒殺された。更に、二人の死体は、嵯峨野の池の上に浮かんでいた、貸しボートの中で発見された。

犯人の名前は分からないが、犯人は、死体の胸元に、例の赤い椿の花を留めることによって、自分の存在を、誇示している。

犯人は、単独犯なのか、複数犯なのかは、分からないが、十津川の妻、直子を含めた、京都の女子大当時の仲間五人組に、狙いをつけていることだけは、間違いない。

このままでいけば、犯人は、全員を、殺すつもりなのかもしれない。

犯人は、すでに五人組のうち二人を殺した。

残りの三人、うち二人は、現在、京都に住んでいる。妻の直子は、大学卒業後、京都から、東京に生活の拠点を、移したが、友だちのことを、心配して、京都に滞在している。

それを考えると、次の殺人の舞台も、おそらく、京都ということに、なるのだろう。殺人事件と関わりがあるのではないかと考えられるのが、三条恵美という女性の死である。彼女は十三年前、同じ女子大の、四年生の時に、京都東山にある、雑居ビルの屋上から身を投げて、死んでいる。

十津川は、部下の刑事たちを京都に、呼ぶことにした。次の戦場は京都と考えたからである。

翌日の朝早く、刑事たちが、新幹線で京都に到着した。

京都府警が、宿泊場所を、提供するといってくれたが、十津川は、それを断って、全員を、京都河原町通りの、ホテルオークラに宿泊させることにした。そのほうが自由に動けると考えたのだ。

さらに、ホテルオークラとかけ合って、二階にある、二十人ほどが入れる部屋を借り、そこで捜査会議を開くことにした。もちろん、京都府警が主宰《しゅさい》する、捜査会議には、十津川と亀井の二人が、参加することにした。

十津川は、早速、ホテルオークラから借りたその小部屋で、捜査会議を開き、刑事たちと、話し合った。

十津川は、まず、ボードに、五人の名前を書き、自分の考えを説明した。

金井富美
花村亜紀
後藤久美
三原敏子
十津川直子

「この五人のうち、すでに、二人が、殺されている。三原敏子は、東京で殺され、花村亜紀は、夫と一緒に、京都で殺されている。このあと、犯人は、残りの三人を狙うだろう。この考えに京都府警も賛成していて、残りの三人のうち、金井富美と、後藤久美の二人には、警備をつけている」

次に、ボードの空いたところに、十津川は、二人の名前を書き、顔写真を貼《は》りつけた。

三条恵美

相原樹里

この二人である。

最初の殺人では、容疑者も、浮かんでこなかったし、動機も分からなかった。

ここに来て、花村亜紀が、夫とともに毒殺された。この殺人によって犯行の動機らしいものが、浮かんできた。

動機の一つとして、考えられるのが、十三年前の三条恵美の死である。

「五人組が、大学三年生の時に、四年生が、学園祭で、芝居をやることになった。芝居のタイトルは『今に生きる比丘尼伝説』である。主役を演じたのが、この三条恵美という、四年生だった。写真を見れば分かるように、ただ美しいというだけではなくて、宝塚的な、美男子という感じなのだ。そのため、下級生、特に、一年下の三年生から、好かれていた。いや、憧れの的だったといわれる。学園祭の芝居では、三年生は、小道具係を、命じられていた。それも、五人組と、もう一つのグループがあって、憧れの三条恵美に褒《ほ》められようと、必死だったらしい。このレースには、五人組が勝ち、もう一つのグループは、問題を起こして、三条恵美たちに、嫌われ、小道具係を拒否されてしまった。ところが、十月の学園祭が、終わった一カ月後の、十一月五日に、三条恵美は、姿を消し、翌日の六日に、東山にある雑居ビルの屋上から、身を投げて死んでしまったのだ。それが、十三年前だ。現在まで、この三条恵美の死は、自殺と断定されていて、事件には、なっていない。その後、五人組は、女子大を卒業したのだが、何も起きなかった。ところが、ここに来て、五人組のうちの、二人が、東京と京都で、相次いで、殺された」

「警部は、この、十三年前に起きた、三条恵美という女性の自殺が、今回の殺人事件と繋がると、お考えですか？」

と、西本《にしもと》が、きいた。

「断定は、できないがね。今もいったように、五人組のうち、二人も殺されているんだ。犯人の動機について考えていくと、十三年前に起きた、学園祭での椿騒動と、その後に起きた三条恵美の飛び降り自殺しか、考えつかないんだよ。それで、この二つの事件、学園祭の時の椿の花をめぐる、二つのグループの争いと、三条恵美の死に、繋がりがあるのではないかと、私は、考えている」

「しかし、十三年前の事件だし、その後の、十三年間には、何も起きていないわけです。それが、今になって急に事件が起き始めたのは、何故でしょうか？」

と、西本が、きく。

「たしかに、今までは、何も、起きなかった。五人組の女性たちは、その十三年間、これといった事件に遭っていない。それが、今年になってから、急に、二人も、殺された。その理由を考えると、三条恵美が学園祭の一カ月後、東山の雑居ビルから飛び降りて死んだことにぶつかる。警察は自殺と断定したが、この自殺が、本当は、殺人だったのではないか？　飛び降りて死んだのではなくて、突き落とされたのではないのか？　今年になってから、そんな疑問が、急に、生まれたんじゃないか。少なくとも、犯人の頭の中では、飛び降り自殺ではなく、殺人ではなかったかと、考えるようになったんじゃないのか。私は、そう、考えている」

「京都府警は、三条恵美の飛び降り自殺を、殺人ではないかと疑い、再捜査を、始めたんですか？」

と、日下《くさか》刑事が、きいた。

「いや、京都府警は、再捜査に乗り出してはいない。今でも、三条恵美の死は、あくまでも、自殺と考えていて、今後も、再捜査をする予定はないといっている」

「そうなると、犯人の勝手な思い込みでしょうか？」

北条早苗《ほうじょうさなえ》刑事が、きく。

「今そう考えているのは、殺人事件の犯人だけかもしれないな」

「しかし、単なる思い込みで、殺人に、走るでしょうか？」

早苗が、きくと、三田村《みたむら》が、

「京都府警は、再捜査は、しないわけでしょう？　それなのに、なぜ、犯人は、十三年前の飛び降り自殺が殺人だと考えたんでしょうか？」

「その点は、分からないな。一ついえるのは、十三年前の飛び降り自殺には、目撃者が、いたんじゃないかということだ。その目撃者は、今まで、何か理由があって、沈黙を守っていたが、ここに来て犯人に、打ち明けたんじゃないだろうか？」

と、十津川が、いった。

## 2

十津川は、京都府警の刑事たちに、手伝ってもらえるよう安田警部に頼んで、部下の刑事たちには、問題の飛び降り自殺についての、聞き込みに当たらせることにした。

一方、十津川は亀井と、京都府警の捜査会議に出席した。

花村夫妻殺人事件は、京都府警捜査一課が、捜査を担当することになった。捜査会議では、そのことが、明らかにされた。

捜査を指揮する、安田警部が、これまでの捜査について説明した。

「まず、五人組です。京都の女子大の卒業生たちの仲良し五人が、自ら五人組と称していました。その中には、今日、捜査会議に、出席していただいた警視庁捜査一課の十津川警部の奥さん、直子さんも、入っています。今年になって、この五人のうちの二人が、続けて、殺されました。三原敏子は、東京で刺殺され、花村亜紀と夫の二人は、京都で毒殺されて、嵯峨野にある池の貸しボートの中で、死体で発見されました。このままで行けば、残りの三人も、犯人に、狙われると思います」

と、安田が、いった。

「この場合、問題は、殺人の動機です。十津川警部と話し合って動機について、一つの結論に達しました。それを、これから説明したいと思います」

続けて、安田が話す。

「浮かび上がってきたのは、十三年前、京都の女子大で行なわれた、学園祭です。十月の学園祭で、当時の最上級生、四年生が、中心になって『今に生きる比丘尼伝説』という芝居を上演しました。この時、問題の五人組と、もう一つのグループが、どちらも当時三年生でしたが、芝居の小道具係を担当しました。芝居の主役を務めた三条恵美という女子大生は、三年生たちの憧れの的だったといわれています。この芝居で、五人組は、三条恵美に、最後まで、小道具を任されましたが、もう一つのグループは、ミスをして、三条恵美たちの怒りをかい、小道具係を、クビになっています。そして、それから一カ月経った十一月の六日に、三条恵美が、東山の雑居ビルの屋上から、飛び降りて、死んでいるのです。われわれ京都府警は、当時、これを自殺と断定し、現在も、その考えは変えておりません。しかし自殺では、これは動機にはなりませんが、もし、自殺ではなくて、殺人だとしたら、間違いなく、今回の、殺人事件の動機になります。それで現在、警視庁の刑事と、京都府警の刑事が、共同で、この十三年前の学園祭と、三条恵美という、当時、女子大の四年生だった女性について調べています」

## 3

「十三年前に、どうして、自殺と、断定したんだ？　何か、理由があるのか？　それとも、遺書でも、あったのか？」

本部長が、安田にきく。

「三条恵美は、当時、女子大の、四年生だったんですが、他人から憎まれたり付きまとわれるような問題は、何もありませんでした。それどころか、特に下級生の憧れの的で、慕われていました。学園祭での芝居も、大成功でした。女子大生が、行なった芝居ですが、新聞にも、大きな記事が載り、評判も、かなり、よかったんです。ですから、殺される理由が見つからず、自殺と断定したのだと思われます」

「ほかにも、自殺の原因と思われるものがあったんだろう？　だから、自殺と断定したんじゃないのか」

「実は、三条恵美は、最上級生でしたが、多くの同級生は、すでに、就職が決まっていました。ところが、三条恵美の場合は、就職先がまだ、決まっていなかったのです。彼女は、三年生の時、京都では有名な電機メーカーを受けたのですが、試験に失敗して、十三年前の十一月現在、就職先が、決まらず、かなり、焦っていたそうです。同級生の証言で、はっきりしています。他に遺書らしいものも、見つかっています」

「つまり、卒業を、目前に控えて、就職先が決まらないことに、絶望して自殺した。そういうことに、なるわけか?」

本部長の顔には、ありありと、疑問の表情が、浮かんでいた。信じていないのだ。

続けて、本部長が、いう。

「三条恵美が、何社もの就職試験を受けて、全部ダメだったので、絶望したというのなら分かるが、彼女が受けたのは、一社だけだろう? その会社の就職に、失敗したとしても、そんなことくらいで、自殺するものかね? 彼女は、いったい、どこの会社を、受けたんだ?」

「S精機です。ほかの会社も受けていたかどうかは、分かりません。三条恵美の友人の話によると、S精機というこの会社は、京都で最大の会社ですが、この会社に、ぜひ入りたかったという、彼女の言葉を、同級生の何人もが、聞いています。たった一社でも落ちたことは、彼女には、大変なショックだったことが、想像されます。本部長がいわれたように、たった一社の就職試験に、落ちただけで、自殺をするだろうかという疑問は残ります。しかし、いくら調べても、彼女が、自殺をする動機としては、この就職の件しか、浮かんでこないのです」

と、安田警部が、いった。

「ところで、今回の、花村夫婦殺害の、容疑者の名前は、浮かんでいるのかね？」

本部長が、きく。

「十三年前の学園祭で、五人組と張り合っていたグループがいました。この二つのグループは、学生たちの憧れの的だった三条恵美を、間に挟んで、何とかして、自分たちが、三条恵美の取り巻きになりたいと、思っていたようですが、結果的には、五人組が勝ち、もう一つのグループは、敗れました。そのグループのリーダーの名前が、相原樹里だということが分かったので、われわれは、彼女に会いに行きました。相原樹里は、京都の老舗の、旅館の一人娘ですが、すでに、行方不明となって、いました。現在も、居どころは、分かりません。父親の相原剛《つよし》は、旅館業に飽き足らず、いくつもの会社に投資して、成功をおさめている、京都の実力者ですから、本部長もご存じでしょう」

「ああ、あの相原剛氏のお嬢さんか？　以前、一度、会ったことがあるよ」

と、本部長が、いった。

安田警部は、用意しておいた三条恵美と、相原樹里の写真を、ボードに貼り出した。

「相原樹里ですが、身長は、百七十三センチあり、女性としてはかなり大柄です。女子大の学生の頃は、陸上競技を、やっていて、かなりいいところまで行ったといわれています。運動神経は、いいということです」

「それだけ、大柄で、運動神経のいい女性なら、小柄な男の死体を、担《かつ》いで運ぶこともできるだろう。君がいいたいのは、そういうことだろう？」

と、本部長が、きく。

「本部長のおっしゃる通りです。花村亜紀と、その夫の殺しの件ですが、犯人は、二人を、別の場所で殺しておいて、池まで運び、貸しボートに乗せて、池の中央に突き放したと考えられます。今、本部長がいわれたように、容疑者の相原樹里は、小柄な男性ならば、平気で、運ぶことができたでしょうが、男女二人を運ぶとなると、共犯者がいたと考えるのが妥当だと、私は考えます」

## 4

その頃、警視庁の刑事たちは、京都府警の刑事たちと、一緒に、東山の雑居ビルに行き、周辺の聞き込みを開始していた。

十階建てのこのビルには、さまざまな、会社が入っていた。一階には不動産会社があり、上に行くと、法律事務所があったり、喫茶店があったり、あるいは、「新しい京都」という雑誌を出している、出版社も入っていた。

刑事たちは、二階にある「新しい京都」の出版社に行き、雑誌の編集者に会った。

「十三年前の、十一月の初旬ですが、三条恵美という、当時、女子大の、四年生だった学生が、このビルの屋上から、飛び降りて死んでいます。そのことは、覚えていらっしゃいますか？」

西本刑事が、編集者に、きいた。

「もちろん、よく覚えていますよ。大騒ぎに、なりましたからね」

編集者が、いう。

「あの飛び降りについては、十一月の六日に、三条恵美が、このビルの屋上から、身を投げて死んだんです。皆さんは、この事件のことで、どう、思われましたか？　自殺だと思われましたか？　それとも、殺人だと、思われましたか？」

京都府警の刑事が、編集長と編集者に、きいた。

「たぶん、自殺で間違いないと思いますよ。警察もそう断定したようですし」

と、編集者の古橋《ふるはし》は、いった。が、編集長の高木《たかぎ》は、

「僕は、疑問を持ちましたね」

「どうしてですか?」

「実は、僕はその頃、例の学園祭の取材にも行っているんです。死んだ三条恵美という女性は、下級生の、憧れの的で、とにかく、颯爽《さっそう》としていましたね。主演だというので、彼女に、インタビューしましたが、話はしっかりしているし、頭も、よかったですよ。大学を卒業した後は、一流会社に入りたいといっていましたが、彼女は、会社なんかに入らず、芸能界に、進んだほうがいいんじゃないかと、僕は思いましたね。とにかく、三条恵美という女性は、演技が、上手《うま》いし、持っている雰囲気が、華やかだったんです。あれなら、映画やテレビの世界で、絶対に成功すると、彼女にも、いったことがあるんです」

「その時、三条恵美は、どんな、反応でしたか?」

「何だか、嬉しそうにしてましたね。三条恵美は、本当は会社勤めよりも、芸能界か、演劇の世界に進みたいといっていましたよ。でも、その世界に入る、伝手《つて》がなくてと、笑っていました。そして、事件のあった日には、自分の進路について相談したいので会ってください、というメールが入っていたんですよ。彼女が来るのを、楽しみにしていたんですが、結局、姿を現わさなかったのです。それなのに、このビルから、身を投げたというじゃありませんか。おそらく、彼女は、僕に会いに来て、何者かに、エレベーターの中で拉致され、屋上から突き落とされたのだと、思いました」

「だから、自殺はないと?」

「そうです」

「しかし、われわれが、調べたところでは、三条恵美は、京都ではいちばん大きな会社、S精機に、入社するつもりでいたんですよ。実際に、入社試験も、受けています。そのS精機からは、採用の通知が来なかった。それで、精神的に、参ってしまい、自殺の原因になったと、見ている刑事も、いるんですが、その点は、どう解釈しますか?」

と、京都府警の刑事が、きいた。

「その件は、僕も、調べましたから、覚えていますよ。ただ、今もいったように、三条恵美という女性は、もともと、会社勤めなんかよりも、華やかな芸能界で活躍したいと、自分でも、いっていたんですよ。そんな女性が、入社試験に、落ちたからといって、自殺するとは、僕には、とても、思えませんでした」

と、高木が、いうと、府警の刑事は、

「それでは、あなたは、他殺だと、考えている。そうなら、その理由を、教えてください」

「自殺騒ぎがあった時、彼女の死因に疑問を感じたので、雑誌に載せるために、取材をしたんです。話を聞いた相手には、刑事さんもいたし、彼女の同級生も、いました。

彼女の両親にも会って、話を聞きました。しかし、警察が、発表したように、自殺だと思ってる人は、ほんのわずかでしたね。ほかの人たちは、会社の採用試験に、落ちたくらいのことで、自殺なんかしない。彼女は、そんな、弱い人間じゃないと、みんな、いっていたんです。十月の学園祭で、彼女の主演で『今に生きる比丘尼伝説』という芝居をやりましたが、たまたまそれを見ていた映画会社の人から、彼女に、出演の依頼が、あったそうですよ。その映画会社では、制作費二十億円という大作の予定があって、新人を起用したいというのが、監督と、プロデューサーの希望だったらしいのです。その監督が、学園祭の舞台を見て、三条恵美に、興味を持って、話をしてきたそうです。ぜひ、カメラテストを、受けてもらいたいと。僕は、その映画会社に、電話して、確認しましたから、間違いありません。ただ、その映画は、監督が目を付けた三条恵美が、突然、死んでしまったために、お蔵入《くらい》りに、なってしまったそうです。そういう、楽しい話があったのに、なぜ、三条恵美が、自殺をしなければならなかったのかと、僕なんかは、不思議に、思ったんですよ。僕に相談したいことというのは、おそらく女優としての、心構えや振る舞いなどを、聞きたかったのでしょう。それで、クエスチョンマーク付きで、三条恵美の死亡記事を書いたのを覚えていますよ」

と、高木が、いった。

そのあと、刑事たちは、十階の屋上に、上がってみた。

低いフェンスが、屋上の全体を、ぐるりと囲んでいる。

普通の女性なら、フェンスを乗り越えて、身を投げることは、簡単だろう。それほど、厳重に作られたフェンスでは、なかった。

刑事たちは、屋上から、写せる範囲で、できる限りの写真を、撮りまくった。ひょっとして、三条恵美が、この屋上から、飛び降りる瞬間を、ほかのビルから、見ていた人間がいたかもしれなかったからである。

## 5

刑事たちは、太秦《うずまさ》に向かった。

雑誌の編集長が、話してくれた、制作費二十億円の映画の話を、もっと詳しく、聞きたかったからである。

この作品の、監督をすることになっていた、小林《こばやし》という監督は、現在も、太秦で、時代劇のテレビシリーズの、撮影をしていた。

刑事たちは、スタジオの一つで、小林監督に、十三年前の映画のことを、聞いてみることにした。

小林は、すでに、七十歳を過ぎていたが、映画の話になると、目をキラキラ輝かせて話してくれた。

「あの映画はね、珍しく、二十億円を出そうというスポンサーが、現われて、それで、実現しかけたんですよ。スポンサーは、皆さんも、よく知っているコンビニのチェーン店を、経営している社長さんでね。何でも、先祖が、徳川幕府に仕えていた、旗本だったそうで、後世に、悪評の高い徳川慶喜《よしのぶ》の夫婦愛をテーマに、本当は、立派な男らしい将軍だったという、映画を作りたい。そのために、二十億円出すということだったんですよ。その大作の、監督を、私が、やることになりましてね。私と仲のいいスタッフが、どんどん、集まってきてくれたんですよ」

「それで、主人公を、募集することになったんですね？」

と、西本刑事が、きいた。

「思い切って、素人の中から、ヒロインを見つけ出そうということになりましてね。探していたんです。そんな時に、たまたま、十月のK女子大の学園祭を、見に行きましてね。その時、芝居の主人公に、扮《ふん》していた三条恵美という、当時、四年生だった女子大生を、見つけたんです。何よりも、気品があることを私は、気に入りましてね。彼女なら、絶対に、うまく行くと、思って、口説いたんです」

「それで、三条恵美さんは、何と、答えたんですか？」

「最初は、尻込みをしていましたね。しかし、話をしているうちに、だんだん、彼女も、その気になってきて、私の話を、熱心に聞いてくれたんですよ」

「なるほど」

「私は、作品について話し、彼女も乗り気になってくれたんですよ」

「それで、彼女は、結局、出演を、OKしたんですか？」

「こちらの感触としては、OKという感じでしたね。具体的なスケジュールの話も、しましたよ。来年の四月には、撮影を開始する予定に、なっている。その間に、プロデューサーや、撮影のスタッフを、紹介したい。時間が、空いている時に電話をしてもらえれば、私が、迎えに行く。そういう話になって別れたんですが、驚いたことに、月が替わって十一月になった途端に、ビルの屋上から飛び降りて、彼女は、死んでしまったんです。あれには、参りました」

「どうして、彼女が、自殺をしたのか、小林さんには、想像がつきますか？」

「そんなこと、想像できるわけが、ないじゃありませんか？　制作費二十億円という、大作だったんですよ。そのヒロインに、彼女を、抜擢《ばってき》したんです。彼女も、大いに、乗り気だった。それなのに、どうして、自殺なんか、するんですか？」

小林監督は、明らかに、いまも腹を立てていた。

「小林監督は、今でも、あれは、自殺ではないと、思っているんですか？」

「自殺のはずはないんですよ。私は、間違いなく、他殺だと思っています」

「京都府警は、事件性はない。自殺だと、発表していますが？」

「それは間違いです。絶対に自殺のはずはありませんよ」

「その後、その映画の話は、消えて、しまったみたいですね？」

「せっかく、ヒロイン役の女性を見つけたのに、その彼女が、飛び降り自殺なんか、してしまった。週刊誌やテレビのワイドショーなどが、大騒ぎして取り上げたものですから、どうにも幸先が悪いということで、制作費を出すことになっていたスポンサーが突然、手を引きたいと言い出したんです。他にも、映画の配給会社なども降りたいと言い出して、結局、制作中止になってしまったんです。今でも残念で、仕方がないんですよ。とにかく、私は、張り切って、シナリオめいたものを、書いていましたからね。突然、ヒロインは、亡くなるわ、スポンサーは、手を引くわで、もう、グチャグチャになってしまいました。何人もの女優さんが、ヒロイン役をやりたがっていたんですから、代わりがいないわけじゃなかった。長年、映画の世界で、生きてきましたが、あれほど、悔しかったことはありません」

「三条恵美さんが飛び降りたのは、東山の雑居ビルなんですが、監督は、現場に行かれたことがありますか？」

「いや、一度も、行っていません。ヒロインが、死んでしまって、スポンサーが手を引いて、私も、落ち込んでいたんですよ。そんな時に、わざわざ、事件の現場なんて、見に、行きませんよ。これは、自殺じゃない、他殺だと分かったとしたって、ふたたび、スポンサーが二十億円を、出してくれるはずもないんですから」

と、小林が、いった。

「この飛び降り自殺が、殺人だとすると、三条恵美さんが、殺される理由に思い当たることがありますか？」

と、三田村刑事が、きいた。

小林は、一瞬、間を置いてから、

「そうですね、ないことも、ありませんよ」

「ぜひ、その話をしてください。監督は、事件が、自殺から他殺になったって、スポンサーが、また、二十億円を出すはずはないんだから、どっちでもいいようなことを、いわれましたが、われわれ警察は、もし、殺人の疑いがあれば、再捜査しなければならんのですよ。十三年前に、三条恵美さんを、殺すような人間がいたら、その人間について話してください」

「映画界というのは、大変な、世界なんですよ。とにかく今は、不景気で、映画に、大金を出そうなどという、スポンサーは、まず、見つかりません。だから、スポンサーが現われたとなると、その映画で一儲《ひともう》けを企《たくら》む連中が、どっと、集まってくるんです。売り込みです。私のような監督もいるし、シナリオライターもいる。それに、有名な俳優もいますよ。テレビドラマなんかによく出ている俳優でも、映画は特別なんです。俳優としては、やっぱり、映画に出たいんです。それだけ、誰もが、映画を、撮りたい、脚本を書きたい、出演したいと思っていて、そのための、スポンサーを探しているんです。二十億円の大作のスポンサーが現われたことは、アッという間に、知れ渡りましてね。私が、素人の中から選んだ、三条恵美というヒロインのことだって、アッという間に、広まってしまいました。できれば、自分が、その役を、やりたかったという女優さんは、わんさと、いるわけですよ。以前から面識のある、そういう女優さんが、私のところに押しかけてきて、ぜひ、その役をやらせてほしいと、いうんです。あの時、有名無名を、ひっくるめて、三十人くらいの女優さんが、私に会いに来たんじゃなかったですかね？」

「その女優さんたちは、三条恵美さんが、そのヒロイン役を、降りたら、自分が、その役をやりたい。その気で、監督のところに、押しかけてきた。そういうことですね？」

「もちろん、そうです。別に、そういう女優さんの、考え方とか、行動を、おかしいとは、思いませんよ。映画の世界というのは、競争の厳しい世界ですからね。私が、ヒロイン役に見つけてきた三条恵美が、何かの事情で、降板したら、次は、自分がというわけで、たくさんの女優さんが、押しかけてきましたよ」

「そうなると、単純計算では、押しかけた三十人の女優に、三条恵美さんを殺す動機があるということに、なりますね？」

「たしかに、普通に、考えれば、三十人の女優全員が、三条恵美さんに何か不都合があって、出演を辞退してくれたらいいのに、と祈っていたと思いますね。正直にいえば、私だって、この二十億円の大作の監督に、推薦してもらいたくて、どんなに、スポンサーのところに行って、頭を下げたか、分かりませんよ。コンビニの社長が、住んでいるマンションに日参して、とうとう、私が監督をすることを、承諾させたんですから」

　と、小林が、笑った。

「その三十人の中でも、特に、この大作のヒロインをやりたくて、必死だった人はいますか？　もし、ご存じでしたら、その名前を教えてください」

　と、刑事の一人が、いった。

　小林は、メモ用紙を、取り出すと、四人の名前を、スラスラと、書き込んでいった。

そのくらい、小林監督が、名前を書いた四人の女優は、十三年前、必死になって、自分を売り込んだのだろう。

## 6

今度は、その四人の女優を、調べることになった。

四人とも、現在、三十代である。最年長の女優でも、三十六歳だった。

四人の女優の名前を書き留めた後、西本と日下の二人が、そのメモを持って、京都市内にある、芸能雑誌の出版社を訪ねていった。

そこで、星川《ほしかわ》という編集長に会って、この四人の女優について、話を聞いた。

## 7

星川編集長は、その四人の名前の書かれたメモ用紙を見ると、

「現在の売れっ子女優もいますね」

と、いって、笑った。

「十三年前は、いったい、どうだったんでしょうか?」

と、西本が、きいた。

星川編集長は、その四人の名前のところに、十三年前は、何歳だったのかを、書き

込んでいった。

水沼《みずぬま》恵《めぐみ》　十八歳
高野《たかの》美由紀《みゆき》　十九歳
小田《おだ》あかり　十九歳
田辺《たなべ》由布《ゆふ》　二十三歳

田辺由布一人だけが、二十代で、あとは、十三年前には、全員が、十代だったのだ。
「その十三年前ですが、映画を作る資金として、二十億円を出そうという、スポンサーが現われたとたん、この大作の撮影に、多くの人が集まりました。監督は、小林さんで、彼は、ヒロインに、無名の若手を起用することを、考えて、さまざまな芝居を見に行っているのですが、当時、京都の女子大の四年生だった三条恵美という女子学生に目をつけ、会いに行って映画の話をし、彼女も、ＯＫの意思表示をしたと、いっていました。それに対して、こちらの四人ですが、十三年前には、ほとんどが十代で、小林監督にいわせると、この四人は、三条恵美が、なにかの事情で、出演ができなくなればいいのに、と思っていたに違いないと、いいました。そのくらい、芸能界というところは、競争が激しいんだと、いっていました。四人について、星川さんに、お聞きしたいのですが、この中で、いちばん熱っぽく、大作のヒロイン役を、狙っていたのは、誰でしょうか?」

と、西本が、きいた。

星川は、

「難しい問題ですね」

と、いった後で、しばらく、考え込んでいたが、

「この四人の中で、誰が、いちばん熱心だったかと聞かれても、比べようが、ないですね。四人とも、女優として有名になることを希望していましたから。その足がかりとして十三年前に企画された、二十億円の大作のヒロインになることを願っていた。ヒロインを演じれば、間違いなく一歩先を行ける。だから、若い女優たちも、自然に熱が上がりましてね。何とかして、三条恵美を引きずり下ろして、自分が、ヒロインをやりたいと考えたんじゃありませんかね? ですから、四人の中で、誰がいちばん、熱っぽかったかは、一概《いちがい》には、いえません。四人が四人とも、ヒロインの座を、必死になって、狙っていたでしょうからね」

星川編集長が、いう。

「その直後に、二十億円の、大作映画のヒロインにいちばん近かった三条恵美が、突然、東山の雑居ビルの屋上から、飛び降りて死んでしまいました。あれは、自殺では

なくて、殺人だという人がいますが、星川さんは、どう思いますか？」

「三条恵美の場合、自殺をするにしては、条件が、全く、整《ととの》っていませんよ。殺人と考えたほうが、私は、納得できます。三条恵美が死ねば、四人の女優の一人が、ヒロインになれますからね」

「それで、この四人の、誰が犯人であっても、おかしくないと、星川さんは、考えますか？」

日下が、きくと、

「ちょっと待ってください」

と、慌てた様子で、星川が、日下の言葉を遮った。

「私は、あくまでも、仮定の話をしているんですよ」

「もちろん、分かっていますよ。仮定でもかまいません」

「もし、あれが、殺人事件であれば、この四人の中の誰かが、犯人でも、おかしくはないとは思っています」

「十三年前、この四人の中で、特に様子がおかしかった人はいませんか？」

「この四人の中でですか？」

星川編集長は、もう一度、四人の名前に目をやってから、

「しいていえば、田辺由布じゃありませんかね」

「どうして、田辺由布だと、思うんですか?」

「四人のうち、三人は、十三年前は、十代でした。その中で、田辺由布一人だけが、当時、二十三歳だった。彼女にすれば、映画の主役をやれるチャンス、有名になれるチャンスは、他の三人に比べて、すくない。そう思っていたに、違いないのです。ですから、四人の中では、いちばん強く、ヒロインの座を、欲しがっていたと思いますね」

「たしかに、田辺由布は、四人の中でただ一人、十三年前には、二十三歳で、十代ではなかったですね?」

「誰が見ても、田辺由布は、他の三人に比べて、焦っていただろうと思いますよ」

「あれから、十三年経った今も、この四人は、女優として、健在みたいですね?」

と、三田村刑事が、きいた。

「ええ、私が知っている限りでは、健在です。すでに、若手から中堅の女優に、なっていますがね」

「四人とも、女優として成功していると思いますか?」

「そうですねえ。女優を辞めた人は、一人もいませんね。皆さん、それなりに、女優として活躍していますし、結婚した女優もいます」

星川の話によると、いちばん若い水沼恵は、売れっ子だったが、同じ俳優仲間で、

一回り年上の俳優と、結婚した。子供が生まれたので、芸能界からの、引退を宣言していま
す」

「彼女は、今年になって、
星川が、説明してくれた。

高野美由紀、小田あかりの二人も、それほど名前は、売れなかったが、テレビドラマの準主役として、ちょくちょく、出演している。

現在、売れずにいて、年齢的に、いちばん焦っているのは、田辺由布だろうといわれている。

田辺由布は、今年で三十六歳になる。それなのに、十三年前と全く同じで、無名に近いと言っていい。

星川の説明で、捜査が、進展したのか、それとも、停滞したのか、十津川にも、分からなかった。

四人が、十三年前に、いちばん、気になっていたのは、三条恵美のはずである。だから、彼女を自殺に見せかけて殺したい気持ちもあったろう。

しかし直子が入っている五人組を恨むとは考えにくい。問題の映画と、五人組とは、何の関係も、ないからである。

十津川は、現在、捜査は難しい袋小路に入ってしまったのではないだろうかと、思

った。

十津川は、自分の疑問を、亀井にぶつけてみた。

「例の五人組が、女子大の三年生だった時、秋の学園祭で、一年先輩の、四年生が芝居をやった。その主役を演じた三条恵美という四年生のことで、五人組と、もう一つのグループが、対立していたことが分かったし、そのグループのリーダーが、相原樹里という当時、三年生の、女子大生だったことも分かった。その三年生の憧れだった三条恵美が、学園祭の一カ月後に、ビルの屋上から、飛び降りて死んだことも、分かった。これだけ分かったのだから、捜査が大きく、前進したと思ったのだが、冷静に考えると、ほとんど、前進していないんだよ。三条恵美の死が自殺ではなく、他殺だったらしいと分かり、当時、殺人の動機があると思われた、四人の若手の女優の名前も、分かったが、五人組とは、全く、関係がないんだ。そうなると、今回、五人組のうちの二人が、殺されたが、捜査のほうは、全く、進展していないと、思わざるを得ないんだよ。捜査を前進させるには、どうしたらいいか、カメさんの意見を聞きたい」

「私にも、正直いって、現在の状況が、よくつかめません。警部がいわれるように、新しい事実が、次々と、分かってきました。特に、十三年前の、京都の女子大の学園祭で、五人組と、張り合った、もう一つのグループがいたことは、事件の捜査の参考になると、思っています。それに、赤と白の椿です。三条恵美は、学園祭の一カ月後に、自ら、ビルの屋上から、飛び降りて死んでしまった。更に調べていくと、彼女は、制作費二十億円という映画の大作に、ヒロインとして、抜擢されようとしていました。三条恵美について、彼女と五人組と、もう一つのグループ、この三者にしぼって捜査を進めていかないと、袋小路に、入ってしまいかねません。その頃、三条恵美を妬《ねた》み、憎んでいたと思われる若手の女優たちですが、たとえその中に、三条恵美殺しの犯人がいたとしてもそちらに力点を置いてしまうと、肝心の捜査から、遠ざかってしまうような気がします。ですから、ここはあくまでも、三条恵美と、五人組、そして、もう一つのグループの、三つにしぼらないと、捜査は、難航するばかりで、前に進まなくなってしまうと、考えます」

と、亀井が、いった。

たしかに、その通りなのだ。

それなら、どうしたらいいのか？

# 第五章　直子狙われる

## 1

その第一報を、十津川は、京都のホテルオークラで受け取った。知らせてくれたのは、京都府警の、安田警部だった。いきなり、

「今、十津川さんの奥さんが、小浜線の車中で負傷して、病院に、運ばれているという連絡がありました」

十津川は、びっくりしたが、これだけでは、詳しいことが分からない。

「それで、どんな具合なんですか？　命に別状はありませんか？」

と、十津川が、きいた。

「特に命には、別状ないようです。ただ、病院の話によると、奥さんは、相当のショックを、受けていらっしゃるようです。私は、これから、小浜市内の病院に行きます

ので、よかったら、ご一緒しませんか？」

「ええ、もちろん、一緒に、行かせていただきます」

十津川は、すぐに外出の支度を始めた。

安田警部が、パトカーを、手配してくれたので、十津川は亀井刑事と一緒に、それに乗って、小浜市に急行した。

小浜市に来るのは、これが、二回目である。前回は、直子から聞いていた、不思議な赤い椿があったという小浜市内の、神明神社に来た時である。今回は、海岸近くの病院だった。

パトカーの中で、安田警部が、事件について分かっていることを聞かせてくれた。

「私自身も、その列車の中にいたわけではありませんので、詳しいことは、よく分からないのです。それで、あくまでも小浜の警察から、聞いた話ですが、どうやら、奥さんは、小浜方面行きの列車に、乗っていらっしゃったようですね。乗務していた車掌の話ですが、小浜駅に近くなった頃、車内を見て回っていると、女性客が、床に倒れていて動かないので、声をかけたところ、後頭部から、血を流していたというのです。そこですぐ、小浜駅に、救急車をよこしてもらったそうです。そして、市内の病院に運んだ。いまのところ、まだ、そのくらいのことしか分かっていません。頭のケガは比較的軽くて、命には、別状はないということを確認しています」

直子には、彼女を含めた女子大時代の五人組がいて、その中の、二人まで殺されてしまっていた。直子が、何とか、残った二人と、協力して、犯人を、見つけ出そうと、必死になっていたのは、十津川も知っていた。

小浜線の列車に、乗っていたのも、おそらく、犯人を捜すために違いない。

直子が、運ばれたのは、小浜市内の、海の見える高台にある、病院だった。

受付で聞いてみると、直子は、現在、眠っているということなので、十津川は、彼女を診察した医者に会って、話を、聞くことにした。

一緒に行った亀井刑事と、京都府警の安田警部には、休憩室で、待ってもらうことにして、十津川は一人で、医者に会った。

中年の医者は、

「状況から見る限り、奥さんの直子さんは、いきなり、背後から、後頭部を、鈍器のようなもので殴られたのではないかと思われますね。出血していましたが、むしろ、それが幸いでした。内出血を起こすと、脳溢血《のういっけつ》と同じような症状に、なってしまうことがありますからね。手当てをして、今、治療室で、眠っておられます。命に別状ありませんので、どうか、ご安心ください」

と、説明してくれた。

十津川としては、直子が、小浜線の列車に、どんな状況で乗っていたのかを、知りたかったのだが、その点は、医者には、分からないと、いう。

まだしばらく、眠っていて、話を聞くことはできないということで、十津川は、亀井刑事と、安田警部が待っている、一階の休憩室まで、下りていった。

そこで、安田警部が、十津川に、一人の男を、紹介してくれた。

「こちらは、奥さんと同じ列車に乗務していた車掌の中井《なかい》さんで、わざわざ、小浜駅からこちらに、来てもらいました」

「私が知りたいのは、家内が、その列車に、一人で乗っていたのか、それとも、誰かと一緒だったのかということですが、その点は、どうですか？」

十津川が、中井という車掌に、きいた。

「私は、始発駅から、乗務しているのですが、奥さんは、二号車に、乗っておられました。なにか悩み事でもあるのか、じっと窓のほうを凝視していました。小浜駅が近くなった時に、車内を、見回っていて、奥さんが、頭から血を流して、倒れているのを、発見したんですが、その時には、隣の座席には、誰もいませんでした」

と、中井車掌が、いった。

「家内の隣に座っていた人は、いたのですか？」

「申し訳ありませんが、あまり記憶がないんですよ。奥さんの後ろの座席に、女性が座っていたのは、記憶にありますが、顔などは見ていないんです。何しろ、奥さんが、こんなことになるなんて、全く、思ってもいませんでしたので」

中井車掌は、通路を歩きながら、座席を、前から見ていたので、直子の後ろの席に座っていた女性は、頭だけが見えて、どんな顔をしていたのかは、分からないというのである。

「どのくらいの年齢の女性かは、分かりますか？」

十津川が、きく。

「椅子の背後から、しかも、通路を歩きながら見たので、あまりはっきりとはしないのですが、おそらく、奥さんと、同年齢くらいだと、思います」

と、中井車掌が、いった。

十津川は、反射的に、直子を入れた五人組のことを、思い浮かべた。

そのうちの二人、花村亜紀と、三原敏子の二人は、すでに、殺されていて、残っているのは、直子と後藤久美、それに、金井富美の三人だけである。

直子は、なぜ、小浜に向かっていたのだろうか？　金井富美に会いに行ったのか、それとも神明神社に行こうとしたのだろうか？

京都府警の安田警部も、同じように、考えていたらしく、

「例の五人組の残りの二人になんの相談もしないで、奥さんは、小浜線の列車に、乗っていたんでしょうかね？　その点、十津川さんは、奥さんから何か聞いています

か？」

「残念ながら、小浜行きのことは、聞いていませんでした。家内が、これからのことを、心配して、残りの二人と一緒になって、相談し合ったり、調べ回ったりしていたのは、知っていましたが」

「そうなると、残った二人のどちらも、奥さんが、小浜に行こうとしていたのを、知っていたことになります。奥さんは小浜に着く直前、車内で、後頭部を、殴打されて、気を失ってしまいました。おそらく、中井車掌が、目撃したという、後部座席の、同年齢くらいの女性が、奥さんを殴った犯人ということに、なってきますが、例の五人組の、残りの二人のうちの一人だとすると、奥さんは、親友の一人に、殴られたことになってきますね」

　と、安田が、いう。

「今、私も、同じことを、考えていました。今までは、少なくとも、家内を含めた、五人組の中には、これまでの事件の犯人はいないと、考えていました。家内も同じだったと、思うのです。ですから、家内は、真剣に、後藤久美さん、金井富美さんと三人で協力して、犯人を、見つけてやろう。殺された三原敏子さんや、花村亜紀さんの仇《かたき》を、討ってやるつもりだといっていたんです。しかし、小浜行きを知っていたのは、金井富美と後藤久美の二人でしょう。今回、仲間に殴られて、負傷したのだとすると、親友だった、五人組の中に、犯人がいることに、なってしまって、家内も、ビックリしていると、思いますね。今まで、疑うことのなかった相手を、これからは、疑わなければならないんですから」

と、十津川が、いった。

直子が乗っていたのは、小浜線である。

ということは、直子は、京都にいたわけだから、小浜線に乗るためには、京都発十時二十五分の「特急まいづる3号」に、乗車すればいいということになる。

「特急まいづる3号」が、終着の東舞鶴駅に到着するのは、十二時〇一分である。この駅から、十三時三十六分発の小浜方面行きの普通電車が出る。

そう考えると、直子は、「特急まいづる3号」に乗って京都を、出発し、東舞鶴で乗り換えたのだろう。

直子は、何をしに、小浜へ、行こうとしていたのだろうか？

直子は、十津川と一緒に、京都に来ていた。

しかし、十津川は、直子が小浜に行くという話は聞いていない。だから、何か急に、小浜に行く用事ができて、直子は、夫の十津川に黙って、京都から「特急まいづる3号」に、乗ったに違いない。

直子は、五人組の一人として、すでに仲間二人が、殺されているので、次には、三人目が、狙われるのではないかと心配して、あとの二人、金井富美と後藤久美に、連絡をとっていたはずである。三人で、どんな話をしていたのか、十津川は知りたかった。

直子から、この二人の、携帯の番号を聞いていたから、十津川はまず、後藤久美に、電話をかけた。

後藤久美は、すぐに電話に出た。

十津川はまず、自分の名前を告げてから、

「今、小浜にいるんですが、東舞鶴から小浜に来る電車の中で、家内が、何者かに、後頭部を殴られて、小浜市内の病院に入院しているのです。命に別状はないようなので、その点は、安心しているんですが、今日、家内が、小浜に行くことを、ご存じでしたか?」

「ええ、それは聞いていましたけど、いったい誰が、直子に、そんなひどいことを、したんですか?」

「分かりません。それで、何の用があって、直子は、小浜に行ったんでしょうか?」

「今、小浜に、富美が、行っているんですよ。だから、彼女に会うために、直子は、小浜に行ったんですよ」

と、久美が、いう。

「富美さんというのは、五人組の一人で、たしか今度、日本画で、賞を獲った人ですね？」

「ええ、そうです。彼女は、この秋に、個展をやるので、椿を題材にした百号の大きな絵を描くことになっているんです。それで、どうしても、小浜にある、神明神社の椿を描きたい。それに、そこには、比丘尼像もあるので、受賞作品と同じように、比丘尼と椿を主題にした作品を、描きたいといって、今、小浜に、家を借りて、そこで描いているんです。直子は、その富美に会いに、小浜に行ったんです。私も、一緒に行かないかと、誘われたんですけど、子どもがいるので、後から行こうと、思っていたんです。それにしても、直子が、どうして、襲われたんですか？」

「直子は、あなたや、金井富美さんに会って事件のことを検討したいというので、三条通りのホテルに泊まっていたんです。今日、何時頃ホテルを出発して、小浜に行ったんでしょうか？」

「私には、京都発午前十時二十五分の『特急まいづる3号』に、乗るつもりだと、いっていました。だから、それに、乗ったんじゃないかと、思いますけど」

と、久美が、いう。

「直子は、一人で、行くといっていましたか、それとも、誰かと一緒に、行くといっていましたか？」

「最初は、私も、一緒に行く予定だったんですけど、今もいったように、子どもの面倒を見なくては、ならないので、断ったんです。ですから、直子は、一人で行ったんだと、思いますけど」

「一人で行くと、いっていたんですか？　しかし、車掌の話では、車内で、直子と同じくらいの年齢の女性が、直子の後ろの座席に、いたというのです。誰が、いったい、直子のそばに、いたんでしょうか？　その女性について、心当たりは、ありませんか？」

「いいえ、ありませんけど」

「そうですか」

「私も、心配ですから、これから、そちらに、行きます」

と、いって、久美は、電話を切った。

その後、金井富美が、病院に、駆けつけてきた。

地元テレビのニュースで、直子が、負傷し、小浜市内の病院に、入院したことを知ったと、金井富美が、いった。

「大丈夫ですから、安心してください」

と、十津川は、まず、富美に、いってから、

「今日、直子が、あなたを、訪ねていくことは知っていましたか？」

「いいえ、直子からは、一昨日、近々、小浜に行くので会ってほしい、と連絡がありました。しかし、今日来るとは聞いていませんでした。こちらに、今日、来るなら来るで、どうして、前もって、連絡してくれなかったのかしら？」

と、富美が、首を傾げた。

「たぶん、黙って行き、あなたを驚かせようと思ったのかも、しれませんよ」

と、十津川は、いってから、

「金井さんは、小浜の神明神社に行って、比丘尼と椿の花をモチーフに、秋の個展に向けて大作を描いていらっしゃるそうですね？」

「ええ、どうしても、神明神社にある比丘尼の像と、椿の花のことが、気になって、仕方がないんです。やっぱり、それを参考にして、描きたくなって、今、民家を借りて、描いています」

と、富美が、いった。

「そのことは、後藤久美さんからお聞きしました」

さらに、三時間すると、後藤久美も、病院に駆けつけてきた。

## 2

ようやく、直子が、気がついたというので、十津川は、後藤久美、金井富美の二人と、直子の入っている病室に入っていった。

立ち会った医者は、直子が殴られた前後のことを何も覚えていないという。一時的な記憶喪失状態になっているようだと告げた。

直子は、意外に元気だった。しかし、少しばかり、様子がおかしかった。

「どうなの？　大丈夫なの？」

富美と久美が声をかけても、直子は、エッという顔になって、

「何を心配しているの？」

と、聞き返してくる。

その後で、

「ねえ、私、どうして、こんなところにいるの？」

と、十津川に、きく。

小浜線の車内で、何者かに、後頭部を殴られたことは、どうも、記憶に残っていないらしい。

十津川は、そのことが、心配になってきた。

おそらく、一時的な記憶喪失だろうとは思うのだが、それは、ちゃんと、治ってほしい。ヘタをすると、完全な記憶喪失になってしまうかもしれないとも思ったからである。

直子は、十津川のことや、後藤久美、金井富美のことは、しっかり、覚えていた。ただ、今日、自分がどんな目に、遭ったかは、全く、覚えていないらしいのだ。

それでも三人の女性が、妙に、和気あいあいと、おしゃべりを始めたので、十津川は、病室を出て、一階の休憩室に、下りていった。

そこにいた京都府警の安田警部と、亀井に向かって、

「家内は元気でしたが、どうやら、殴られた時のショックで、その時のことを覚えていないようなのです。参りました。家内が気がついたら、いろいろと、きこうと思っていたんですが、あの様子では、何をきいても、答えは、出ないでしょうね」

と、十津川が、いった。

「一時的な、記憶喪失ですか？」

と、安田が、きく。

「今のところ、何ともいえません。とにかく、家内は、今日、自分の身に、何があったのかを全然、覚えていないんですよ。どうやら、小浜線に乗ったことも覚えていな

いようです。なぜ、自分が今、病院にいるのかを、私や、見舞いに来た友だちに、しきりに、聞いていましたね」

「他のことは、どうなんですか？」

と、亀井が、きく。

「少なくとも、私のことや、二人の大学時代の、同級生のことは、しっかり、覚えていたよ」

「ご自分が、頭を殴られて、救急車で、この病院に、運ばれたことは、覚えていないんですか？」

安田が、きく。

「ええ、覚えて、いないのです。ですから、今日一日、何が、あったのか？　どうして、小浜に、行こうとしていたのかは、一切、記憶にない状態です。たぶん、何かを思い出したくないというものがブレーキになって、彼女の心の中で、働いているのかもしれません」

と、十津川は、いった。

3

直子が、安静のために、眠ったというので、一同は、病院近くの、レストランで、夕食を、取ることにした。

遅い夕食を食べながらも、十津川は、後藤久美と、金井富美に向かって、

「家内は、五人組のことを、とても、心配していました。五人のうちの二人が、立て続けに、殺されてしまいましたからね。犯人は、まだ、分かりませんが、残りの三人も狙うのではないか、と考え、京都にやって来て、お二人と、そのことで、話し合ったり、相談したりしたのではないかと思うのですが」

と、いうと、富美は、

「そうなんです。直子は、そのことを、すごく心配していました。私も、こうなると、誰かが、私たち五人組を、一人ずつ殺すつもりでいるんじゃないか？　そんなことを考えてしまいました。いったい、誰が、私たちを、狙っているのかと、三人で、大学時代のことから、今までのことまでを、いろいろと、話し合って、容疑者を割り出そうとしているんですけど」

「それで、何か、思い当たることがありましたか？」

「三人で、ずいぶん、考えました。大学時代のことが、原因になっていて、誰かが、私たち五人を、狙っているのではないかとか、大学時代の憧れの的だった三条恵美さんの自殺が、原因になっているんじゃないのかとか、いろいろと、考えました。でも、はっきりしたことは、分からないんです。それで、三人で、頭を悩ませていたんですけど」

と、後藤久美が、いう。

それに、付け加えるように、金井富美が、

「私は、どうしても、秋の個展用に、比丘尼と椿の花を、モチーフにした大作を描かなくてはいけないので、小浜に、家を借りていて、毎日、神明神社にスケッチに行っていたんです」

と、いうと、後藤久美は、

「私は、子どものことが、あるので、直子と一日中、お付き合いしていることができなくて」

と、いった。

「それで、直子は、富美さんと、相談がしたくて、今日、小浜線の列車に、乗ったんですね？」

「そうだと、思います」

「そのことを、後藤さんは、知っていたわけですね？」

「ええ、私も、一緒に行かないかと、誘われたのに、子どものことがあって、行かなかったのを、今は、後悔しています」

と、久美が、いう。

「金井さんは、直子が今日、『特急まいづる3号』で、行くことを知らなかったそうですね？」

「ええ、知りませんでした。もし、知っていれば、駅まで、迎えに行っています」

富美が、きっぱりと、いった。

食事の後、金井富美が、みんなを誘ったので、十津川たちは、彼女が借りている家に行くことに、なった。

4

富美が、みんなを案内したのは、神明神社の近くの、民家である。

二階建ての、かなり大きな家で、二階の洋間を、アトリエとして、使っていた。

富美は、全員に、コーヒーを、淹《い》れてくれた。

コーヒーを飲んでから、二階のアトリエに上がっていくと、そこには、百号の大作が、途中まで、描き上がっていた。彼女が話していたように、二人の比丘尼と、その比丘尼を、取り巻く赤と白の椿の花が描かれているのだが、どこか怪しげな美しさを持った絵だった。

その後、後藤久美は、金井富美が、借りている民家に、泊まることに決め、十津川と亀井と、京都府警の安田警部は、小浜市内のホテルに泊まることになった。

三人の刑事は、そのホテルのロビーで、しばらく話し合った。

5

「どうしても、気になるのは、車内で、直子さんを、殴った犯人のことですよ」

と、京都府警の安田警部が、いう。

「中井車掌は、直子さんの後部座席に、同年齢くらいの女性が、座っていたと、証言していました。ということは、その女性が、直子さんの後頭部を、殴ったんでしょうか？」

と、亀井が、いう。

「おそらく、そうだろう。あらかじめ凶器を持っていれば、女性でも、後頭部を、強打して、気絶させるくらいのことは、十分に、できると思うからね」

と、十津川が、いった。

「今日、一緒にいた大学時代の、同級生二人のどちらかが、犯人の可能性がありますか？」

と、安田。

「家内から、大学時代の話を聞くと、当時、家内たち五人組に、対抗するグループがいたそうで、その連中の、犯行かもしれません。当時、家内たちが憧れていたという上級生の自殺問題も、絡んでいるようで、何か、根の深い問題が、あるような気もするんです」

と、十津川が、いった。

「もう一つ気になるのは、金井富美の証言ですよ」

と、亀井が、いった。

「彼女、今日、直子さんが、来ることを知らなかったと、いっていました。しかし、三人は、仲間の二人が、殺されてしまったので、それで心配して、いろいろと話し合っていたわけでしょう？　それなのに、金井富美は、直子さんが、来ることを知らなかったという。不審ですよ。ひょっとすると、知っていたんじゃないでしょうか？　私には、そんな気が、するんですが」

「そこのところは、私にも分からない。もし、本当に、金井富美が、知らなかったとすると、直子が、知らせなかったことになる。どうして、小浜に行くことを知らせなかったのか。私には、そっちのほうが疑問に思えてくるんだ」

と、十津川が、いった。

翌日になって、京都府警の安田警部は、三条恵美の、自殺問題について、何か、新しい事実が分かったらしいというので、急遽、京都へ帰っていった。

十津川は、それに合わせて、亀井刑事を、先に、京都に戻すことにした。

「京都府警では、三条恵美の自殺について、何か、新しい進展があったらしい。その件が、どう進展するのかを知りたい。先に京都に行き、それを調べてもらいたい」

十津川は、もう一度、直子が入院している病院に、向かった。

十津川は、病院の受付で、直子の友人二人、金井富美と後藤久美のことを、聞いてみた。

すると、昨夜二人は、再び病院に見舞いにきて、直子と話し合い、今朝になって、帰っていったという。

それを、聞いてから、十津川は病室で、直子に会った。

十津川は、途中で買ってきた花束を枕元にある花瓶に活けてから、

「今、医者に聞いたら、あと二日くらいで、退院できそうだ。頭の傷も、痕は残らないそうだよ」

と、直子に、いった。

その十津川の言葉で、直子は、頭に、手をやった。

「この傷だけど、お医者さんは、誰かに殴られて、できた傷だっていうの。でも、どう考えても、私には、そんな覚えがなくて。あなた、何か、知っている？」

「君は、本当に、何も、覚えていないのか？」

と、十津川は、何回も、念を押した。

そのたびに、直子は、眉を寄せ、困惑の表情に、なって、

「お医者さんにも、あの二人にも、いわれたんだけど、いくら、思い出そうとしても思い出せない。いったい、何があったのか、全然分からないの」

と、いう。

「京都に、来ていることは、分かっているね？」

「もちろん、分かっているわ。仲間五人のうちの、二人までが殺されたんで、それで、心配になって、二人と話し合うために京都にいるの。それは、よく分かっているし、あなただって、知っているはず」

「君は、昨日、たぶん『まいづる3号』という特急列車に、乗って、京都から東舞鶴までやって来て、その東舞鶴から、小浜線に乗り換えた。それは間違いない」

「何のために？」

と、直子が、きく。

「金井富美さんが、小浜に家を借りて、秋の個展のための大作を描いてる。彼女に会うために、来たんだと思うよ」

「彼女には、昨日会ったわ」

「ああ、それは、君が、怪我をして病院に担ぎ込まれたというので、心配になって、見舞いに来たんだ」

「でも、分からない。どうして、私、この病院に、いるのかしら？　あなた、知ってるの？」

「いや、私も、君が、怪我をして、病院に、担ぎ込まれたというから、慌てて、駆けつけたんだよ。車掌の話によると、君は、小浜線の列車の中で、誰かに、殴られたらしい。でも、君は、殴られたことすら覚えていないといっている。だとすると、誰に殴られたかも、当然、覚えていないよね？」

「ええ、記憶がないの。本当に、私、誰かに、殴られて、この病院に、運ばれてきたの？」

「間違いなく、君は、小浜線に乗っていて殴られたんだ」

「誰が、そんなことを？」

「それを、知っているのは、君自身だと、思うんだが、覚えていないんじゃ、しょうがないな」

「ごめんなさい」

「いや、君が、謝る必要なんてない。君は、被害者なんだ」

その時、電話が鳴った。鳴ったのは、枕元に置いてある、直子の携帯電話だった。

直子が、携帯に出る。

「ええ、大丈夫よ。今、主人が来てくれているの。えっ、そんなこと、信じないけど、でも、主人は、刑事だから大丈夫。心配してくれてありがとう」

そういって、直子が、携帯を切った。

「誰から？」

と、十津川が、きく。

「富美から。でも、彼女、変な心配をしているの」

「変な心配って？」

「富美がいうには、誰かが、私を殺そうとして、列車の中で、殴った。だから、犯人が、また私を、襲うかもしれないから、くれぐれも、用心してねっていうのよ。だから、私の主人は、現職の、刑事だから大丈夫って、いったの。そうしたら、富美も、そうだったわね。それなら安心ねって、笑ってた」

それから、五、六分すると、また携帯が鳴った。今度も直子の携帯で、相手は、京都に戻った後藤久美だった。

彼女も、金井富美と、同じように、心配してかけてきたのである。

その電話を切った後、直子が、笑いながら、いった。

「二人とも、心配性よね。入院している病院だって、犯人に、狙われる恐れがあるから、気をつけなさいよっていうの。でも、私が、誰に、狙われなくちゃならないの？」

「しかし、君を含めた、五人組の中で、もう二人が、殺されているんだ。三人目に、残った三人の中の、誰が狙われてもおかしくない。だから、二人とも、心配しているんだよ」

と、十津川が、いった。

「でも、なぜ？　狙われる理由が分からない」

「納得できないか？」

「ええ、納得できないわ。たしかに私は、大学時代五人組の一人だったわ。でも、卒業した後、私以外の四人は、ずっと、京都で生活しているけど、私だけは、東京にもどって、あなたと、結婚した。私は、京都の大学時代の問題とは、切り離されて、生きてきたわけ。だから、ほかの四人は、誰かに憎まれる理由を持っているかもしれないけど、私だけは別。そう思っているんだけど、違うかしら？」

「しかし、君は昨日、たしかに、狙われたんだ。君は、覚えていないが、間違いなく、犯人は、君のことを、殺そうとしたんだ」

十津川は、何とか、納得させようとして、繰り返した。

「だから、困っているの。どうしても、思い出せないんだから」

直子のほうも、同じことを繰り返す。

十津川は、手帳を取り出し、直子に向かって、見せながら、

「ここに、相原樹里という名前が、書いてある。先日、君は、彼女のことを、思い出したと言っていたが、覚えているかい？」

というと、直子は、ニッコリ笑って、

「その人、大学時代、私たち五人組と、張り合っていたグループのリーダーよ。背が高くて、運動神経が、抜群だった」

「京都府警の話では、相原樹里は、現在、行方不明になっている」

「まさか、彼女が、私を、殴ったなんて、思っているんじゃないでしょうね？」

「どうして彼女は、違うんだ？」

「彼女の家は、京都でも、大変なお金持ちなのよ」

「府警の安田警部から、父親の相原が京都の実力者だとは聞いているが、だからって、そのお金持ちの娘が、君を殴らないとは、いえないだろう？」

「それはそうだけど、京都でも、いちばんかというくらいの、お金持ちなの。京都っ

て、さまざまな、文化事業をやっている団体があるんだけど、彼女の父親は、その中のいくつかの、団体のスポンサーになっているのよ」

「でも、娘が、文化事業を、やっているというわけじゃないんだろう？」

「たしかに、それは、そうだけど」

「この、相原樹里の父親は、本当に京都の名士なのか？」

「たしか、名前は、相原剛さんだったと思う。京都で、何か、文化的な問題でモメると、最後には、この相原剛さんが出てきて、うまく、収めてしまう。そんな話を、聞いたことがあるわ」

十津川は、日下刑事や北条刑事に、相原剛の身辺を調べさせていた。その結果、相原が顧問をやっている会社の役員から、思いもかけぬ証言を、得ることができた。東京のホテルで殺された三原敏子らしい女が、相原剛を、頻繁に訪ねてきたというものであった。三原と相原が話し合いをしていた応接室からは、相原の怒鳴り声が、よく聞こえていたという。それにひきかえ、女のほうはいつも薄笑いを浮かべて、冷静な態度に見えたそうだ。おそらく、相原は女に、弱味を握られて、脅されていたのだと思ったという。役員は、見かねて相原に、女に脅迫されているなら、警察に届けたほうが良いと、何度か忠告したが、相原は、「なんでもないから、放っておいてくれ」と言っていた、というのだ。

## 6

十津川は、もう一日、小浜市内で過ごし、無事退院することになった、妻の直子を連れて、京都に戻った。その車中、十津川は、三原敏子が何度も相原剛と会っていたことを、直子に告げ、三原と相原の接点が何なのか尋ねた。しかし、直子は、なにも知らないと言うばかりだった。

「特急まいづる」で帰ると、京都駅に、亀井刑事が、迎えに来ていた。

「これから、どうするんですか?」

亀井が、直子に、きく。

「あの二人のことが、心配なので、もうしばらく、京都にいようと、思っています」

と、直子が、答えた。

「われわれは、どうするんですか?」

今度は、亀井が、十津川に、きいた。

「三条恵美の自殺について、何か分かったのか?」

「そのことについて、一刻も早く、警部に、お話ししたかったので、こうして、お迎えに上がったんです」

と、亀井が、いう。

十津川たちは、いったんホテルに戻り、ホテル内の、ティールームで、亀井から、話を聞くことにした。直子も、関係があるということで、同席した。

まず、十津川が、

「三条恵美の事件というのは、京都府警が、すでに、自殺として処理して、何年も経っている。その京都府警が、今頃になって新しい考えを示すとは、私には、とても、思えないのだが」

「警部のいわれる通りで、今回の動きは、警察の動きではなくて、マスコミの、動きです。京都に『デイリー京都』という地元新聞があるのですが」

「その新聞なら、前に、読んだことがあるよ」

「この『デイリー京都』に、先日、投書があったんです。その投書が記事になったのが、この新聞です」

亀井が、三日前の「デイリー京都」を十津川の前に置いた。

投書の主の名前は、湯沢純一郎《ゆざわじゅんいちろう》になっている。

十津川は、投書に、目を通した。

「私は、今から十三年前に、京都で起きたある事件の、捜査をした、当時の、京都府警本部の元警部である。

事件は、ミスキャンパスと呼ばれた、美しい女子大生が、ビルの屋上から、飛び降りて死んだ事件である。

結果的に、この事件は、自殺ということで処理された。

しかし、私は最後の最後まで、この事件は自殺ではなく、何者かによって、巧妙に仕組まれた殺人事件だという考えを、捨て去ることができなかった。

その理由は、この事件に絡んで、ある一人の、有名人の名前を、耳にしたからである。その人物は、京都では、五指に入る資産家で、もっとも有名で、もっとも力のある人物である。

この人物が、事件に、絡んでいることは、まず間違いないと、私は、思うようになった。それなのに、この人物の名前が全く聞こえて来ないことに、私は疑問を持ち続け、自分なりに捜査した結果、自殺ではなく殺人の可能性が大きいことを確信した。

その後、私は、京都府警を、依願退職したが、この事件に関して調べたことの全てを、自分の手帳に、書き留めておいた。

もし、私が、不慮の死を遂げた場合は、このメモを、ぜひマスコミに取り上げてほしいと思っている。

この人物について調べていけば、事件の真相に、辿《たど》りつけるはずである」

「この湯沢純一郎さんというのは、ここにも書いてあるように、当時、京都府警の警部だった人物で、三条恵美の事件の捜査を、担当していました。その後、依願退職したのですが、最近、ガンにかかって、京都市内の病院で、亡くなりました。家族が遺品を整理していた時、湯沢純一郎さんが、捜査手帳に書き留めておいた、このメモを見つけて、『デイリー京都』に、送ったものが、こうやって載ったんです。京都府警でも、ちょっとした騒ぎになりましてね。これをどう扱ったらいいのか、困っているようです」

と、亀井が、いった。

「京都府警は、どう考えているんだ？」

十津川が、きいた。

「一言でいえば、どう扱ったらいいのか分からなくて、当惑しているといったところですね。しかし、京都府警としては、十三年も前の事件だし、その時に、十分な捜査をして、自殺と断定して、捜査を、打ち切ったのだから、今になって、もう一度調べ直す必要は、ないだろう、ということになりそうです」

「しかし、当惑している」

「そうです」

「その当惑している理由というのは、この投書の中に書かれている資産家というのは、明らかに実力者の相原剛を指しており、その人物に触れることに躊躇《ため》いがあるからだろう？」

「ええ、その通りです」

「実はね、家内と、今回の事件のことを、話していた時、名前が、出たんだよ。家内にいわせると、京都では、いちばん有名な、人物らしい。京都では、いろいろな、文化事業が行なわれているが、そのほとんどに関係している、いわば、大スポンサーらしい」

「そうですね」

と、亀井が、いった。

「この人物が、投書に反応して、十三年前の事件を、もう一度、調べ直してほしいといったら、警察は、再捜査する。しかし、この人物が、黙っているか、ノーといったら、このまま、自殺ということで、処理してしまう。つまり、それほど、強い影響力を持っている人物ということか？」

「その通りです」

「君は、私なんかよりも、この人物について、詳しかったな？」

十津川は、直子を見た。

「ええ。でも、本当は、私なんかより、富美のほうが、ずっと詳しいわ」

と、直子が、いう。十津川は、

「どうして?」

と、きいてから、

「ああ、そうか」

と、一人で、うなずいて、

「この人物は、さまざまな京都の文化のスポンサーみたいな存在だといったね。金井富美さんは、プロの画家だから、たしかに、君よりも、この人物について、詳しいかもしれないね」

「本当のことをいえば、富美よりも、彼女の、お父さんのほうが詳しいと思うわ」

「金井富美さんの父親も、たしか、プロの日本画家だったね?」

「有名な画家だったけど、酒と女にだらしなくて、最後には、ずいぶん娘の富美に、苦労かけたみたい。死んだ時、あちこちに、借金が、たくさんあったっていわれているの」

と、直子が、いった。

「しかし」

と、亀井が、いう。

「三条恵美についていえば、死んだ時、女子大生だったわけでしょう？　女子大生の死と、京都の大物と、いったい、どういう関係なんでしょうか？」

たしかに、どう関係があるのか、十津川にも、見当が、つかなかった。

十津川に関心があるのは、この「デイリー京都」という新聞に載った投書の記事に、相原剛という大物が、どう反応するかということである。何らかの動きを見せて、事件の真相に近づけるのか、どうかということである。

「京都府警の安田警部に会って、話を聞きたいな」

十津川が、いった。

「相原剛という大物について聞くんですか？」

「もちろん、そうだ。新聞にこの手紙を投書した、湯沢純一郎という、元京都府警の警部についても、聞いてみたいね」

と、十津川が、いった。

7

翌日、十津川は、亀井と、京都府警の捜査本部に、安田警部を、訪ねた。

「『デイリー京都』に載った投書について、聞きに、来られたんじゃありませんか？」

十津川が、用件をいおうとする前に、安田は、いきなり機先を制するように、いった。

「その通りです。この投書に載っている、相原剛と思われる人物について、もっと詳しく、お聞きしたいんです」

「他にも、何かありますか？」

「もう一人、十三年前の事件を、ただ一人殺人と考えて捜査していた、湯沢純一郎さんという、京都府警の元警部のことも、知りたいと思っています」

と、十津川が、いった。

「分かりました。まあ、ゆっくり、お話ししますよ。相原剛が動くとしても、おそらく、ゆっくりでしょうからね」

安田は、そんないい方をした。

「相原というのは、京都でも、特に、古い名家といってもいいんですか？」

十津川が、きいた。

「歴史のある名家の多い京都でも、相原家というのは、とりわけ、歴史のある、由緒正しい家で、今に至っても、ある種の力を、持っています」

安田が、いった。

「しかし、府知事でも、市長でも、ないわけでしょう？」

「そうです」

「国会議員でも、ない。それなのに、なぜ、この京都で、大きな力を持っているんですか？」

「そうですね、何といったらいいのか、例えば、京都という町は、千年の文化、千年の歴史、千年の宗教を、持っていますが、相原剛は、その全ての世界に、顔が利《き》くんです。例えば、仏教界と、役所で、モメたことがありました。京都の寺の多くは、観光寺ですからね。役所は、そこから、観光税を取ろうとして、寺側とモメたんです。それがこじれて、どうしようもなくなった時に、最後になると必ず、相原剛が、出てきて、決着をつけるんです。それに、相原剛というのは、資産家ですから、金の力を利用することもあります」

「しかし、相原興業とか、相原株式会社といった会社は、聞いたことが、ありませんが」

「相原自身は、今もいうように相当な資産家ですが、自分自身で会社をやっているわけではありません。もともと老舗旅館の経営者ですが、いろんな会社に出資していて、隠然たる力を持っているんです。しかも、闇の社会にも、影響力があると噂されています。京都で有名な会社は、いざという時、相原剛の力を借りようと彼を顧問や役員にしています。この京都でも最近、コンビニが、増えています。コンビニのチェーン店が、できていますが、相原剛は、チェーン店の会長とか、社長とかでは、ありません。しかし、この歴史の街で、コンビニのチェーン店をやろうと思えば、相原剛の、援助というか、口添えがないと、スムーズに開店できないのです」

「つまり、コンビニのチェーン店の、コンサルタントですね？」

「そうです」

「そういえば、十三年ぐらい前に、コンビニのチェーン店が、二十億円の資金を出して、映画を、作ろうとしたことがありましたね？」

「たしかに、そんなこともありました」

「それでは、この映画制作にも、相原剛が、一枚かんでいたんでしょうか？」

「詳しいことは、私には分かりませんが、京都で映画を作るとなると、相原さんの力やコネなどが必要になってくると聞いています」

と、安田が、いった。

いつの間にか、安田は、相原とはいわず、相原さんと、いっていた。

(たしか、その映画に絡んで、三条恵美の名前が、出ていたはずだ)

十津川は、それを、思い出していた。

# 第六章　四人目の死者

## 1

十津川は、依然として、京都に留まっていた。東京の事件を解決するためには、京都の事件を解決する必要があると、考えたからである。

小浜線の車内で、暴漢に襲われた妻の直子は、一時的な記憶喪失に、陥《おちい》ってしまっている。しかし、体のほうは、いたって元気で、相変わらず、

「仲良し五人組の残った二人、金井富美と後藤久美のことが、心配なので、二人のそばにいたい」

といって、十津川とは、別行動を取り、別のホテルに泊まっている。

十津川は、直子のことが、心配なのだが、だからといって、いつも一緒に動くというわけにもいかず、今日は、雑誌「新しい京都」の編集部に行って、三条恵美の話を

きくことにした。先日、話をきいた高木編集長が不在だったので、警視庁の十津川警部だと名乗り、編集部員の古橋に話をきいた。

「今日もまた、映画の話ですか？」

「いや、今日は、別の話です」

「何でしょう？」

「お聞きしたいのは、映画の話でも、作品とか、俳優の話ではなくて、スポンサーの話なんですよ。三条恵美が、主演することになっていた映画ですが、そのスポンサーは、相原剛ではないかという話を、聞きました。これは、本当ですか？」

と、十津川が、きいた。

「映画のスポンサーは、正確にいえば、京都のコンビニチェーンの社長さんです。しかし、実際には、今、十津川さんのいわれた、相原剛という人物が、その、コンビニチェーンの筆頭株主であり、大きな影響力を持っていたことは、間違いありません。いわゆる大株主ですよ。ですから、この映画の制作に、コンビニチェーンの社長も、もちろん、大きな力を持っていたでしょうが、それ以上に、相原剛の力を、無視できないと思いますよ」

「三条恵美が、自殺しましたが、そのことに、相原剛は、関係ないんですか？」

十津川が、きくと、古橋は、

「どうして、十津川さんは、そんなことを、考えるんですか？」

と、逆に、きき返してきた。

「京都府警に、昔、湯沢純一郎という警部がいて、彼は、十三年前に起きた三条恵美の、自殺事件を担当していたんだそうです」

「ええ、湯沢さんでしたら、よく、知っています。何度か、彼から、取材したこともありますから」

「ガンで亡くなった湯沢元警部が、この自殺事件の背後には、相原剛らしい人物が、関係しているというメモを残していて、それを家族がある新聞に、投書をしたのです」

「十津川さんは、そのメモを、信用されるのですか？」

「いや、信用はしませんが、いろいろな話があるなと思って、興味を覚えているんです」

と、十津川が、いった。

「そうですか、湯沢さんが、そんなメモを残したんですか。初めて、知りましたよ」

「湯沢純一郎さんというのは、どういう人だったんですか？」

「簡単にいえば、組織になじめない、いわゆる一匹狼といったらいいのかな、昔気質《むかしかたぎ》の、刑事さんですかね。だから、時々、捜査本部の考えと、ぶつかって、捜査から、外されてしまうことも、ありましたね。十三年前のあの事件の時も、捜査方針に、従わないというので、担当から、外されてしまっていたんじゃなかったですかね？　それで不満が高じて、依願退職をしたと、聞いています」

「そうですか。それなのに、なぜ、湯沢さんは、相原剛の名前を、出したんでしょうか？」

「理由は、分かりませんが、単なる当てずっぽうじゃないですかね？　湯沢さんにいわせれば、刑事の勘ということに、なるんでしょうがね。でも、その勘は、少なくとも、あの事件に関しては、間違っていたと、思いますよ。相原剛は、事件の時、捜査本部から、一度も呼ばれていませんし、事情も聞かれていませんから」

と、古橋が、いう。

「相原剛という人は、京都では、相当の力を持っているようですね？」

「そうですね。相原剛といえば、この京都では、間違いなく有力者ですよ。いろいろな会社の株も、持っていて、政治家との、付き合いもありますしね。京都では、誰も、彼には、逆らえないと思いますよ」

「相原剛には、相原樹里という、娘さんがいましたよね？　現在、行方が分かりませんが」

「娘さんが一人いるのは、知っています。たしか、背の高い、大柄な娘さんだと、記憶しています」

「あなたから見て、十三年前、三条恵美は、なぜ、自殺したんでしょうか？　その点を、どう、お考えになっていますか？」

「当時、うちの編集長がいろいろと、取材をしたんですが、結局、分かりませんでした。ただ、遺書らしい手紙が残っていて、そこに『ごめんなさい。ご期待に応えられなくて、お詫びのしようもありません』と、書いてあったのは知っています。それで、京都府警は、自殺と断定したと聞いていますよ」

「三条恵美さんは、かなりの美人で、二十億円の制作費を、投じて作られることになっていた映画のヒロインに予定されていたんじゃありませんか？　私の部下が、小林という映画監督に会って、話を聞いたら、映画のヒロインは、三条さんに、ほとんど決まっていたと、いっていましたが」

「ええ、それは、事実ですね」

「それなのに、どうして、三条恵美さんは、自殺なんか、したんでしょうかね？　華やかな前途が、待ち構えていたというのに、自殺するというのが、私には、納得できないんですが」

「そう聞かれてもね。自殺の原因というのは、いろいろと、ありますからね、簡単には分かりませんよ。衝動的に、自殺してしまうことだってあるでしょうし、もしかしたら、自殺した当の本人にだって、本当の気持ちは、分かっていないのかもしれませんよ。ボンヤリとした不安が原因ということもありますから」

「京都の実力者、相原剛さんですが、彼が、自分の娘の樹里に、何とかして映画のヒロイン役をやらせたいと思って、画策した。しかし、三条恵美がヒロイン役に決まっていた。それで、相原剛さんは、ヒロイン役を降りてくれと、三条恵美さんに、強要したんじゃ、ないでしょうかね。そのため、悩んだ三条恵美さんは、自ら死を、選んでしまった。そんなふうにも、考えられるんですが、この考えは、どうですか、無理ですかね？」

「可能性としては、ゼロじゃありませんが、そんなことは、なかったと思いますよ」

「どうしてですか？」

「さっきもいいましたが、相原剛さんの娘さんは、日本人離れした容貌を持ち、かなり背も高いんですよ。だから、日本人が好きな時代劇映画の、ヒロイン役を演じるのは、無理だったと、私は、思いますね」

「無理なのに、あえて、押し込もうとした。そういうことも考えられますよね？」

十津川が、いうと、古橋は、笑い出した。

「そういうふうにいったら、きりがないじゃありませんか？」

しかし、十津川は、自分が口にした言葉を、簡単には、飲み込めなかった。

とにかく、十三年前に、三条恵美という、若い女性が死んで、そのことが、今になって、新しい殺人事件を、引き起こしていることは、間違いない。そう、信じていたからである。

2

十津川は、ガンで死亡した湯沢純一郎という元警部の家族に会ってみることにした。

湯沢には、佳子《よしこ》という妻がいた。

その佳子は、今は、京都市内で、大学生の娘と二人、マンションで、暮らしていた。

十津川は、その佳子に、会った。

十津川が、三条恵美の名前を、口にすると、佳子は、

「申し訳ありませんが、その女性の話は、あまり、したくないんですよ。それに、お話しできるようなことも、ありませんしね」

と、いう。

「京都府警から、この件は、黙っていろと、いわれているんですか？」

「何しろ、十三年前の事件ですし、主人は、刑事部長さんから、叱責《しっせき》をされることを覚悟の上で、捜査方針とは異なる捜査を、一人で、やっていたんです。それで、残し

ておいたメモを投書したんですが、部長さんから『今頃になって、そんな話を持ちだしても、仕方ないでしょう。亡くなったご主人が、傷つくだけですよ』と、いわれているんです」

と、佳子が、いった。

「私は、東京の人間ですから、別に構わないじゃないですか？　それに、十三年前に、事件の捜査は、もう終わってしまっていますから」

十津川が、いったが、佳子は、ためらっている。

そんな佳子に、向かって、十津川は、

「正直にいいますとね。ご主人が捜査をした方向ですが、間違っていなかったような、そんな気がしているんです」

と、付け加えた。

「でも、相原先生には、ご迷惑に、なってしまうでしょうし――」

と、佳子が、いった。

「相原先生というのは、そんなに、力のある人なんですか？」

「ええ」

と、佳子が、うなずく。

「ご主人は、その相原剛さんが、あの時の事件の黒幕だと、断定しているんですよ。

これは大変なことだと思うんです。ご主人は、どうして、相原剛を、黒幕だと断定したのか？　それを、知りたいんです。もちろん、奥さんからお聞きしたことは、誰にもしゃべったりはいたしません。それに、もう十三年も前の事件で、自殺と断定されていますから、奥さんが今、何をしゃべっても、どこにも影響はありませんよ。だから、安心して話していただきたいのですよ」

十津川が、いった。

その言葉が、少しは、佳子の気持ちを安心させたらしい。

「あれは逆だと、主人は、盛んに、いっていました」

「逆って、いったい何が、逆なんですか？」

「三条恵美さんという、若くてきれいなお嬢さんが、ビルから、飛び降りて、亡くなった。その後で、『ごめんなさい……』と書かれた遺書が、見つかったことになっています。でも主人がいうには、『ごめんなさい……』という文書が見つかったのは、彼女が死ぬ、前だと、いうんです。少なくとも、一日前に、主人は、それを、見たと、いっていました。ですから、あれは、本当は、遺書なんかじゃない。主人は、そんなふうに、いっていたんです」

「なるほど。彼女が死ぬ前に、ご主人は、その手紙を、見ていたから、遺書だとは思わなかった。そうなると誰かが、それを、遺書に見せかけた。そういうことでしょうか？」

「ええ、主人は、そんなことを、いっていましたが、でも、主人が、どうして、そういったのかは、今になると、正確なところが分からないんですよ」

と、佳子が、いう。

「それで十分です」

十津川は、礼を、いった。

ガンで死んだ湯沢警部は「ごめんなさい。ご期待に応えられなくて、お詫びのしようもありません」と書かれたものを、遺書だとは思わなかったという。それだけでも十分だった。

湯沢警部は、それを、いったい、何だと思ったのだろうか？

佳子と別れたあと、十津川は、そのことを、考え続けた。

「ごめんなさい……」と書かれた手紙、それは、自殺した三条恵美が、書いたものではなく、別人が、書いたものだったのか？　その可能性だって、ないとはいい切れない。筆跡を真似ることは、不可能ではないのだ。

しかし、遺書はニセモノだと、湯沢警部が確信していたら、殺人の重要な証拠として、提出していたはずである。

また、そうであるなら、京都府警も、自殺ではなく、他殺の疑いを持って調べたに、違いない。

しかし、京都府警が、他殺の疑いで捜査した形跡はない。

とすると、「ごめんなさい……」というのは、三条恵美本人が、書いたものなのだ。しかし、遺書として書かれていたものではないのだ。だから、湯沢警部は、別人が書いたとはいわず、ただ、前後が逆とだけ、いったのだろう。

しかし、そのことに、いったい、どんな、意味があるのだろうか？

三条恵美は、死ぬ一日前に、人に会うと言って出かけ、その日は帰宅しなかった。翌朝、京都市内の、雑居ビルの屋上から、飛び降りて、自殺したという知らせが家族に届いた。

行方不明になっていた間に、多分、何かが、あったのだろう。そのあと、三条恵美は、「ごめんなさい……」という便箋に書かれた言葉を残して、死んだ。

湯沢警部の「前後が逆だ」という言葉を、そのままの意味で、受け取れば、行方不明になる前に三条恵美は、「ごめんなさい……」という手紙を、書いたのだ。

その手紙を、湯沢警部は、見ている。

なぜ、見ているのか？　彼女が死ぬ前に。

三条恵美が、湯沢警部に、それを、見せたのか？　あるいは、湯沢警部は、その手紙を、どうやって、見ることができたのか？

十津川の頭の中に、さまざまな疑問が、次から次に、浮かんでくる。

事件全体を、考えると、この手紙は、死体が発見された後で、見つかって、自殺の証拠とされた。

「十三年前の事件を、自殺ではなくて、他殺と考えてみよう」

と、十津川は、歩きながら、自分に、いい聞かせた。

他殺ならば、もちろん犯人がいる。その犯人は、三条恵美が書いた「ごめんなさい……」という手紙を見ていて、これならば、殺しておいてから、この手紙を、残しておけば、自殺に見せかけることができる。

ひょっとすると、犯人は、そう考えたのではないだろうか？

そして、その通りにした。

犯人の他に、湯沢警部も、その「ごめんなさい」という手紙を、見ていたので、「前後が逆だ」と、いったことになる。

しかし、湯沢警部は、犯人ではないはずなのに、どうして、三条恵美が書いた「ごめんなさい……」という手紙を、見ることができたのだろうか？

そこまで考えて、十津川は、急に行き先を変え、ホテルではなく、京都府警本部に向かった。

今回の事件の捜査に当たっている、安田警部に会った。

挨拶もそこそこに、十津川が、いきなり、切り出した。

「十三年前の三条恵美が、自殺した事件について、お話を伺いたいのです」

十津川が、いうと、安田は露骨に、イヤな顔をした。

「あの事件はもうとっくに、カタがついた事件ですよ」

と、安田が、いう。

十津川は、さらに続けて、

「あの事件の捜査には、亡くなった、湯沢警部が、参加していましたね？」

「ですが、湯沢さんは、一匹狼で、捜査方針とは違った、捜査をしていたんですよ。本部長なんかは、それで、ずいぶん困っていました」

と、安田が、いった。

「この事件は、三条恵美という女子大生が自殺している。私が知りたいのは、事件そのものではなくて、この事件の直前の話なんです。この自殺が、まだ、起きていない時ですが、湯沢警部は、ほかのどんな事件の、捜査を担当していたんでしょうか？」

十津川が、きいた。

安田は、急に笑った。

「たしかに、湯沢さんが、担当していた事件がありましたが、あれは、事件の捜査では、なかったんです。市民の相談に乗ってやれと、刑事部長が、湯沢さんにいって、湯沢さんは、しばらく、相談に、乗ってあげていたんじゃなかったですかね？」

「どんな相談だったんですか？」

「あの頃、女子大の学園祭があって、芝居が、上演されたんです。その芝居では、小道具として、椿の花が使われたんですが、その椿の花が、どういうわけか、伝染力の強い、赤い椿の花がですね、ほかの、白い椿の花の色を変えてしまうんですよ。それで、女子大生たちが、どうにも、気持ちが悪いといい出して、なぜ、こんなことになるのか、それを調べてほしいと、警察に、いってきましてね。警察としては、たかが、椿の花のことで、事件とは、いえないので、普通なら、引き受けるようなことは、ないんですが、愛される警察としては、無下《むげ》に、断るわけにもいかず、一匹狼の湯沢さんに、相談に乗ってやれと、刑事部長が、いわれたんですよ。ですから、十三年前の、自殺事件の前に、湯沢さんがやっていたことは、その椿の花の色に関する相談で、事件の捜査じゃないんですよ」

　と、安田が、いった。

「その時の、芝居は、たしか、ヒロイン役を、三条恵美さんが、演じていたんじゃありませんか？」

「そうですが、湯沢さんが相談に乗ったので、三条恵美が、自殺をしたというわけじゃありませんよ」

と、安田警部が、笑った。

しかし、十津川は、笑わずに、

「いろいろと話をしていただいて、大変助かりました」

3

小さいが、収穫が一つあった。

湯沢警部には、刑事部長命令で三条恵美の相談に乗っていた時期があったのだ。しかも、その時期は、三条恵美が、自殺する直前ということになる。

その相談の中には、三条恵美が書いた「ごめんなさい。ご期待に応えられなくて、お詫びのしようもありません」という手紙のことも含まれていたのではないだろうか？

それで、湯沢警部が、三条恵美の自殺事件よりも前に、彼女の書いた「ごめんなさい……」という手紙を読むことができ、なおかつ、相談に乗っている間に、湯沢警部は、三条恵美が意欲的に芝居に打ち込んでいることや、将来、女優になろうと夢見ていることを知って、彼女が自殺するはずがないと、確信したのだろう。

問題は、それがどうして、湯沢警部には、自殺事件の背後に、相原剛が、いるという確信に、なったのだろうか？

十津川はホテルに戻ると、レストランで、少し早目の、夕食を取りながら、なおも考え続けた。夕食を済ませ、食後のコーヒーを飲んでいる時も、同じである。

湯沢警部は、三条恵美が、自殺事件を起こす前に、彼女が書いた手紙を、目にした。そこには「ごめんなさい……」と書いてあった。いや、ほかの言葉も、書いてあったかもしれない。短すぎるからだ。

その手紙を書いた後で、三条恵美は、雑居ビルの屋上から、飛び降りて死んだ。

しかし、これだけの理由で、自殺に疑いを持ったというのは、少しばかり、おかしい。

普通なら、「ごめんなさい」という言葉と飛び降りとをくっ付けて「ああ、やっぱり、自殺か」と思うだろう。

しかし、湯沢警部は、そうは、考えなかった。「ごめんなさい……」という手紙を、以前に見ていたから、これは、自殺ではないと考えたのである。なぜだろう？

湯沢警部が、三条恵美の手紙の中に「毎日が、楽しくて仕方がない」とか「張り切って、次の仕事に、取り組みます」という言葉を見た後で、彼女が、自殺したのであれば、自殺に、疑いを持ってもおかしくはないだろう。むしろ、それが自然になる。

「ごめんなさい……」なのに、なぜ、湯沢警部は、疑いを、持ったのだろうか？

湯沢警部は、上司から、女子大生の三条恵美たちの、相談相手になってやれと、命令されていた。相談というのは、奇妙な椿の花のことである。

しかし、その後も、いろいろと、三条恵美から相談を受けていたのなら、椿の花のこととは限らない。

「ごめんなさい」という文章を書くことが必要な、そんな内容の相談だったのだ。

そんな相談が、はたして、あるのだろうか？

十津川は、そこに、相原剛という名前を、並べてみた。

少しばかり、眼の前が明るくなったような気がした。

相原剛には、樹里という娘がいた。三条恵美と、同じ女子大に、通っていて、三条恵美の一学年後輩である。

もう一つ、その頃、二十億円の制作費をかけた映画の話が、持ち上がっていた。この映画のスポンサーは、コンビニチェーンの社長であり、相原剛は、そのコンビニチェーンの大株主だった。

推理が、少しずつ前進していく。

相原剛は、二十億円の映画には、自分の持つ力を行使することができた。それで、何としてでも、娘の相原樹里に、その映画のヒロイン役を、やらせたかったのではないだろうか？

あるいは、娘のほうから、父親に、映画のヒロイン役を、やりたいと頼んでいたのかもしれない。

相原剛は、自分の娘を、映画に出演させるために、動き出した。

しかし、すでに、監督は、ヒロイン役を決めていた。

そこで、相原剛は、今さら、スポンサーや監督に頼んで、ヒロイン役を、代えさせることは、難しいだろうと、考え、直接、三条恵美に当たったのでは、ないだろうか？　その映画の、ヒロイン役を、辞退するようにと、強要したのではないか？

だが、三条恵美には、ヒロイン役を辞退する気など、全く、なかった。何しろ、その時の彼女は、S精機の、就職試験に失敗していたのである。もともと、女優になるのが夢だったのだから、映画の出演を辞退するわけには、いかなかった。

ただ、相手は、京都で、いちばん力があるといわれる男である。彼の要求を無下に拒否するのも難しい。

そこで、三条恵美は、湯沢警部に、その件を、相談したのではないか？　その時に、相原剛宛に、自分で書いた謝罪の文面を、湯沢警部に、見てもらったのかもしれない。

相原剛に、映画のヒロイン役を、辞退するようにと、要望されたが、それはできない。それを手紙に書いた。

つまり、「ごめんなさい。相原剛さんのいわれたことは、お断りするよりほかに、仕方がありません。私は、どんなことがあっても今回の映画のヒロイン役をやりたいのです、あなたの娘さんに、役をお譲りするわけには、いきません」などといった心情を吐露《とろ》した手紙の中の「ごめんなさい……」だったのではないだろうか？

三条恵美から、要求を拒否された相原剛は、可愛い一人娘のために、三条恵美を殺すことを、考えたのではないのか？

雑居ビルの屋上から、三条恵美を、突き落としておいて、遺書に見せかけた、手紙を残しておく。もともとその手紙には「ごめんなさい……」のほかにも、いろいろな文章が、書いてあったのだが、犯人は、「ごめんなさい。ご期待に応えられなくて、お詫びのしようもありません」だけを取り出して、遺書として、作りかえたのだ。

こうしておけば、自殺したと思うに違いない。

相原剛が思った通り、警察は、自殺と、断定した。

娘の相原樹里は、三条恵美という一年先輩の女性が投身自殺した後、先輩がやるはずだったヒロイン役が、自分に回ってくると思っていたに違いない。

父親の相原剛は、どうしても自分の娘である樹里をヒロイン役にしたいと思い、三条恵美に出演辞退を迫ったが、拒否されてしまい、殺害することになったのだろう。

だが、湯沢警部は「ごめんなさい……」の遺書の言葉は、三条恵美が、相原剛に出した謝罪の手紙であることを、知っていたのだ。だから、湯沢は、恵美を殺した犯人が、相原剛だと断定したのだろう。

コーヒーを飲み終わった時、十津川は、確信した。

この推理は、間違っていない。十三年前の三条恵美という、女子大生の自殺は他殺であり、その犯人は、相原剛に違いない。しかし、相原が三条恵美殺しの実行犯かどうかは、断定できない。相原は、京都きっての有力者だから、彼が意のままに動かせる人間は、いくらでもいるだろう。

ただ、証明するのは、難しいと、十津川は、思った。

何しろ、京都一の、有力者である。その有力者に殺人を告白させることは、それほど簡単ではないだろう。

4

十津川の妻、直子は、鴨川沿いの、別のホテルに泊まっている。

そのホテルは、五人の仲間の一人、後藤久美の自宅マンションに、近かった。だから、絶えず、後藤久美から、電話がかかってくる。

その電話の後でホテルにやって来て、ティールームで、二人で、お茶を飲みながら話をする。

今日も、後藤久美は、こんなことをいった。

「金井富美のことが、心配なの」

「どうして？　彼女は今、秋に開く、個展に出す絵を、小浜に泊まって、一生懸命描いているんでしょう？」

「でも、時々、精神的に、疲れてしまうんですって」

「どうして？」

「だって、仲間の二人が、殺されてしまったし、直子だって、小浜線の中で襲われて、殴られたわ。そんなことがあったので、絵を、描くことに、なかなか、集中できないんですって」

と、久美が、いう。

「でも、前に、会ったら、半分以上、絵は完成していたけど」

「これからが、難しいんだそうよ。描いている途中で、どうしても、あなたや、亡くなった二人のことを、考えてしまって、筆が進まなくなるんですって」

「じゃあ、もう一度、二人で、富美を励ましに、行きましょうよ？」

と、直子が、いった。

「そうね、ウチは、子どもがいるので、一緒に行けるかどうか、分からないけど」

と、久美も、いった。

その後で、久美は、

「本当に、小浜線の中で、誰に、殴られたか、思い出せないの？」

と、きく。

「ええ、分からない。第一、殴られたことさえ、全然覚えてないんだもの。医者や主人がいうから、殴られたのかなと、思うけど、それも覚えていないのよ」

「私は、相原樹里がやったと思うんだけど」

と、久美が、いう。

「彼女のことなら、よく、覚えているけど、もし、彼女が、犯人だとしても、どうして、私を、列車の中で殴って、気絶させたりするの？　そんなことをする意味が、私には、理解できないわ」

「それは、彼女は、大学時代、私たちと、ケンカをしていたからじゃないかしら？それに、私は花村亜紀や、三原敏子を、殺したのも、もしかすると、相原樹里かもしれないと思っているの」

と、久美が、いった。

「でも、どうして、相原樹里が、あの二人を殺す必要があるの？」

「それは、私もうまく説明できないんだけど、私たちは狭い京都の中で、ずっと一緒に、暮らしていたわけ。あなたが、住んでいる東京は、広くていいけど、京都だと、いやな人間にも時々、顔を合わせてしまったりするの。そうすると、大学時代のことを、思い出して、腹が立ったりするわ。向こうだって、同じだと思うの。相原樹里が、亜紀や敏子とケンカをしていたかどうかは知らないけど、京都の町の中で、ぶつかって、ケンカでもしたんじゃ、ないかしら？　それで、お互いにかっとして、殺してしまったんじゃないかと、そんなことまで考えてしまうのよ」

「それは、早とちりだと思うわ。そう簡単には、人は、殺人はやらないものよ」

と、直子が、いった。

「じゃあ、あなたを、殴ったのは、誰だと思っているの？」

「何回もいうけど、列車の中で、殴られたこと自体、全く覚えていないのよ。私、本当に、殴られたのかしら？」

「決まっているじゃないの。病院に運ばれて、治療を受けて、頭に、包帯を巻かれたじゃないの？　だから、あなたが、殴られたことは、間違いないの」

久美が、怒ったように、いった。

その話の途中、久美の携帯に、電話がかかってきた。

相手は、小浜にいる、金井富美だった。

「ねえ、テレビ見てる？」

いきなり、富美が、いう。

「今、直子と一緒に、ホテルで、コーヒーを飲んでるところ。だから、テレビは、見ていないけど、どうしたの？」

久美が、きく。

「じゃあ、すぐテレビを見て。後で、感想を聞くわ」

とだけいうと、富美は、電話を、切ってしまった。

久美は、携帯電話を切ると、テレビに切り替えた。

いきなり、女性アナウンサーの声が、入ってくる。

「亡くなった、相原樹里さんは、京都の女子大の出身で、京都の有力者、相原剛さんの、娘さんです。相原樹里さんの話では、十日ほど前から行方が、分からなくなっていて、懸命に探していたということです。どうして殺されたのか、全く覚えがないと、相原さんは、涙ながらに語っています」

「ビックリしたわ」

と、久美が、いった。

「相原樹里さんが、どうやら、死体で見つかったらしい」

久美が、直子に、いった。

「どうして？　どこで、死んだの？」

「ニュースが途中だったから、詳しいことは、分からないわ。ただ、お父さんの話があった。十日ほど前から、行方不明になっていて、探して、いたんですって」

直子は、すぐ自分の携帯で、夫の十津川に、電話した。

電話に出た十津川に、

「今、ニュースで、相原樹里さんが、死体で発見されたといっていたんだけど、そちらで詳しいこと分かります？」

「今から、二時間ほど前に、小浜漁港の、漁船が、海に浮かんでいる相原樹里の死体を、発見したらしいんだ。調べたところ、後頭部を、殴られたような跡があった。それで、小浜の警察署は、他殺だと、断定した。そういっている」

「他殺と、断定されたのね？」

「小浜警察署は、他殺の疑いで、捜査を始めるといっているよ」

「相原樹里さんのお父さん、相原剛さんは京都では、いちばんの、有力者で、大変な、お金持ちなんですって」

「ああ、そうらしい」

「そのお父さんの相原剛さんが、娘は、十日くらい前から、行方不明になっていたと、いっているんだけど、何か分かったのかしら？」

「分かったという話は、出てきていないね。とにかく、本格的な捜査は、これからスタートするんだ」

「小浜警察署が、捜査をするの？」

「実際には、当然、県警が、やることになって、京都府警との、合同捜査ということになるだろうね」

と、十津川が、いう。

「三原敏子と花村亜紀夫妻を殺し、私の頭を殴ったのも、相原樹里さんじゃないかという話も、久美からあったの。でも彼女が、殺されてしまったとなると、私を殴ったのは、相原樹里じゃないわね」

「たぶん、違うだろうね」

「あなたは、誰が、相原樹里を、殺したと思っているの？」

「まだ分からないよ。そんなに簡単には、容疑者は、浮かばないさ」

「彼女は、今回の事件に、関係して殺されたと、あなたは、思っているんでしょう？」

「もちろん、そうだ。一連の事件には、相原樹里も、関係していると思っている。これから、京都府警の捜査本部に行って、安田警部が、どんな考えを、持っているのか聞いてくる。何か分かったら、知らせるよ。それから、前に君に言ったが、私たちの調査では、殺された三原敏子は、相原剛と面識があり、何回も会っていたんだ。しかも、三原のほうから、相原に接触していた。三原が、相原を脅迫していたという証言もある。相原は、なにか弱味を握られていたということだよ」

そういって、十津川は、電話を切った。

直子は、携帯をしまうと、横にいた久美に向かって、

「小浜にいる、富美のことが、心配になってきたから、もう一度、小浜に行ってくるわ。あなたも、行く？」

## 5

十津川が、京都府警の、捜査本部に着くと、相原樹里の死体が、発見されたことを受けて、捜査本部には、緊張した空気が漂っていた。

安田警部に会うと、

「今回、小浜で、相原樹里を殺した犯人も、これまでの犯人と、同一人物ではないかということで、この事件も、私が、担当することになりました」

と、いう。

「相原樹里は、十日ほど前から、行方が分からなかったようですね？　いつ殺されたのか、分かったんですか？」

「死亡推定時刻を知るために、相原樹里の死体は、司法解剖のために、大学病院に送られています。今日中には、死亡推定時刻と正確な、死因が分かると思いますよ」

と、安田が、いった。

安田警部と話をしている最中に、十津川の携帯が鳴った。今度は、後藤久美からの、電話だった。

「今、直子が、富美のことが、心配だといって、また小浜に行きました。私は、子どものことがあるので、今日は、一緒に、行けないんですが、何だか、直子のことが、心配になってきて。何しろ、この間、小浜に行く電車の中で、直子は、殴られたばかりだから」

「一人で行ったんですか？」

「ええ、直子一人です」

「困ったな。無茶するヤツだ」

十津川は、電話を切ってから、自分も、小浜に行くことを決めて、タクシーを拾って、京都駅に向かった。

京都駅から「特急まいづる」に乗るつもりである。

小浜に行くたびに、十津川は、不自由な、ルートだなと、思ってしまう。京都から行く時、どうしても、敦賀か東舞鶴で、乗り換えなくてはならないからである。小浜まで、京都駅から、直通の特急でも、走っていればと思うのだが、それがない。

小浜線は、全線が、電化されているのに、どうして、特急が、走っていないのだろうか?

一人で、文句をいいながら、十津川は「特急まいづる7号」に乗った。

小浜線のほうは、一～四両編成の、普通列車である。

小浜線に乗ると、妻の直子が、列車の中で、何者かに、殴られて気を失ってしまったことが、思い出される。

直子自身は、全く、覚えていないというが、同じ列車に、乗務していた車掌が、同じくらいの、年齢の女性が近くにいたと証言している。

その女性に殴られたのか、それとも、別人にかは、分からない。

小浜に着いたのは、十七時二十九分、午後五時二十九分である。

降りると、十津川は、まっすぐ、金井富美が、アトリエとして借りている民家に向かった。

案の定、直子は、その家に、いた。

会うなり、十津川は、

「あんまり無茶をするなよ」

と、小声でいった。

十津川は、本当に、心配だったのだが、直子は、笑って、

「大丈夫よ」

と、いう。

「どうして大丈夫なんだ？　君は、ついこの間、襲われたばかりなんだぞ」

「だって、あれから、私も気をつけているし、相手だって、二度も三度も、私を襲ったりは、しないわ」

「どうして、そんなことが、分かるんだ？」

「たぶん、犯人は、一度失敗しているから、二度目は、用心すると思うの。だから、大丈夫」

と、直子が、いう。

取りあえず、直子の無事が、確認できたことに、十津川は、ホッとして、

「僕は、これから、小浜警察署に行って、相原樹里の死体が、発見された時の状況とか、詳しい話を、聞いてみようと思うんだが、君は、どうする？」

「私は、ここで、富美と、話をしているわ。だから、帰りに、寄ってくれない？　その時に、詳しいことを聞くわ」

と、直子は、呑気《のんき》に、いった。

6

十津川は、小浜警察署で、今回の事件について、詳しい話を、聞いた。

この事件を担当することになったという三浦《みうら》警部が、地図を前において、説明してくれた。

「今朝の午前九時頃、小浜漁港の漁船が、この地点で、浮かんでいる、女性の水死体を、発見したんです。それが、相原樹里さんと分かりました。かなりの時間、海に浸かっていたと見えて、体全体が、膨らんでいました。現在、司法解剖のために、大学病院に送られています」

「父親は、たしか、相原剛さんでしたね？」

「その通りです」

「父親には、知らせましたか？」

「身元が分かった時点で、すぐに、知らせました。ちょうど昼頃に、こちらに、やって来て、自分の娘に間違いないと、確認されました。一時間ほどいて、仕事が、あるというので、いったん、お帰りになりました」

三浦警部が、いう。

「相原剛さんは、こちらには、電車で来たんですか？」

十津川が、きくと、三浦警部は、笑って、

「もちろん車です。ベンツですよ、運転手付きの」

「たしか、相原樹里さんは、十日ほど前から、行方不明になっていたと、聞いたんですが、そのことについて、父親の相原剛さんは、何かいっていましたか？」

「行方が、分からないので、京都府警に、捜索願を出したといっていました。たしかに、捜索願が、出ていたようです」

「県警本部のほうには、もう、連絡されましたか？」

「もちろん、しました。ほかには、京都府警と、それから、警視庁にも連絡しました。東京で、起きた事件とも、関係があるのではないかと、思っています」

「相原樹里さんの家は、京都市内に、ありますが、どうして、この、小浜に来て、死んでしまったんでしょうか？」

と、十津川が、きいた。

「それは、まだ分かりませんが、最近になって、小浜にある、椿で、有名な神明神社に、相原樹里さんと同じ大学の、卒業生が時々来ているという話を聞いています。何でも、その神社には、白い椿の花を持った、八百比丘尼の像があって、皆さん、それを、見に来るんだそうですよ」

と、三浦警部が、いった。

「その神社に、相原樹里さんも、来たんでしょうか？」

「それを、確認したくて、今、小浜周辺の聞き込みを、やっているところです」

「相原樹里さんですが、所持品とか、遺体の状況で、何か、変わった点はありましたか？」

「後頭部に、裂傷があったので、おそらく、殴られてから、海に沈められたのではないかと、思っています。そのほかには、所持品は見つかっていませんから、見つかれば、何か、分かるのではないかと、思っています」

十津川が三浦と話をしている間に、小浜市内の聞き込みに回っている刑事たちから、次々に、連絡が入ってきた。

それを、三浦警部が、十津川に、話してくれる。

椿で有名な神明神社に、聞き込みに行った刑事からは、相原樹里と思われる、若い女性が、椿を見るために、境内を歩いているのを、目撃したという証言を、得たという連絡が入った。

「その時間は、どうも殺される直前だったようですよ」

「彼女は一人で、その神社に、来ていたんですか？」

「そうらしいです。神社の人間が、見た時は、一人で、境内の椿の花を、見ていたそうですから」

「相原樹里さんは、本当に、一人でいたのですか？」

「その直後に、相原樹里さんは、殺されているはずですから、どこかで、犯人と、一緒にならなければ、おかしいので、引き続き、聞き込みに当たれと、いって、おきました」

たしかに、三浦警部のいう通りである。相原樹里の家は、京都市内にある。十日ほど前から、行方不明になっていたというから、父親にも、誰にもいわず、京都市内から、この小浜に、やって来ていたのかもしれない。

椿で有名な、神明神社に、一人でいるところを、目撃されている。

しかし、その後で、この小浜の海の沖合いで、水死体で、発見されている。ということは、この小浜で、犯人と会ったことになる。出会ったのか、あるいは、京都市内から一緒に来たのか、それとも、犯人が追いかけてきたのか？

とにかく、この小浜で、犯人と一緒だったことは、間違いないのだ。

「神明神社の椿の花を見るためだけに、相原樹里さんが一人で、この小浜に来たとは、思えませんね」

と、十津川は、自分の考えを、三浦警部に、いった。

「つまり、相原樹里さんは、犯人と一緒に来たか、あるいは、犯人と、この小浜で、落ち合ったか、どちらかだろうということですか？」

三浦が、きく。

「私は、この小浜で、相原樹里さんは、犯人に、会ったのだと、思いますね。もし、京都市内から、犯人と一緒に来たとなれば、犯人と、よく京都で会っていたということに、なります。それなら京都で、犯人は、殺すと思いますから」

十津川は、いった。

小浜港の聞き込みに行っていた刑事からの連絡が、三浦警部の、携帯に入ってくる。

相原樹里の死体を見つけた漁師は、小浜港から、出港してすぐ、海に浮かんでいる水死体を、発見したという。

しかし、小浜の漁港で、働いている漁師全員に聞いたのだが、頼まれて、相原樹里を船に乗せたという漁師は、誰も、いなかったという。

また、犯人らしき人間と、相原樹里の二人を一緒に、漁船に乗せたという漁師も、いなかった。

犯人が、小浜漁港の漁師に頼んで船を出してもらい、その船に、相原樹里を乗せ、小浜港の沖合いで殺して、海に捨てたということは、ないだろう。

「今の電話ですが、聞き込みに回った、刑事の話では、犯人は、小浜港の漁師に、頼んだのではなくて、少し離れた舞鶴あたりの漁師に頼んだのかもしれないと、いっています」

三浦が、十津川に、教えてくれた。

しかし、十津川には、この周辺の漁師に頼んで漁船を、出してもらい、相原樹里の死体を沖に持っていって、捨てたという話は、不可能に思えた。そんなことをすれば、漁師に、顔を覚えられて、しまうからである。

「ほかに、どんな方法が考えられるでしょうか？」

十津川は、三浦に、きいた。

「そうですね。モーターボート、ヨット、あるいは、クルーザーとか、最近、この辺でも、船を買う人が、増えています。それほど高価でないものもありますから、少し、お金があって、海が好きな人なら、船を買うんじゃありませんか？　犯人がクルーザーを、持っていたとすると、船を係留しているところまで、相原樹里の死体を運んでいって、そこでクルーザーに乗せて、小浜港近くまで来て、死体を捨てて、帰ったということも、十分に、考えられますね。そうなると、そのクルーザーが、どこから来たのか、ちょっと、分かりません」

と、三浦が、いった。

「ちょっとした金持ちなら、クルーザーを買うか」

と、十津川は、口の中で、繰り返した。

その時、十津川の頭の中には、相原剛の名前が、浮かんでいた。

相原剛という男は、京都でも、有力者で資産家として、有名だから、クルーザーの一隻ぐらい、持っていてもおかしくはない。

京都は、南北に細長く、北のほうには、若狭の海が、開けている。クルーザーを一隻、係留して、おける場所は、簡単に見つかるだろう。

（しかし）

と、十津川は、首をかしげてしまう。

（有力者の父親が、はたして、実の娘を殺して、海に捨てたり、するだろうか？）

翌日になって、海岸で、相原樹里の持っていたと思われる、ハンドバッグが発見された。波に流されて、浜に打ち上がったと、思われた。

バッグの中から、樹里の手紙が見つかった。

〈私は十三年前、憧れていた上級生の三条恵美さんを、ビルの屋上から突き落とし、殺しました。些細《ささい》な椿の花のことで、恵美さんに、邪険にされ、絶交を言い渡されました。その時から、私の恵美さんへの気持ちは、憧れから憎しみに変わりました。当時、私の父も関係していた大作映画が制作される話が持ち上がり、三条恵美さんがヒロイン役に、ほぼ決まっていたのですが、私は父に、自分をヒロイン役にして欲しいと、懇願したんです。自分が有名になりたいという気持ちもありましたが、恵美さんを絶望の淵《ふち》に追い落としたいというのが本音でした。しかし、恵美さんは、父の要請を全く聞き入れませんでした。私は父にヒロイン役を諦めるように何度も説得されましたが、憎しみと復讐心《ふくしゅうしん》の為に、恵美さんを殺してしまったのです。その時は、無我夢中でした。ですが、年月を経るにしたがって、私は良心の呵責《かしゃく》に苛《さいな》まれる日々を、送ることになったのです。心の痛みに堪えられなくなった私は、自首したいと思うようになりました。しかし、私が犯人だと名乗り出れば、由緒ある相原家の名誉を傷つけ、父も世間から、非難されるでしょう。恵美さん殺しは、私ひとりでやったことで、父や他の人は、全く関係ありません。本当に申し訳なく、死んでお詫びしたい気持ちです。私の愚かな行為から起こったことで、全ての責任は、私にあります〉

以上が手記の内容だった。

「本人は自首するつもりだったのだろう。だが、その前に、彼女が自首することを、恐れた誰かが、殺してしまった。親の心子知らず、とよく言うが、この場合は、子の心親知らず、と言ったほうがいいかもしれない」

と、十津川は、三浦警部に、いった。

# 第七章　小浜線に死ぬ

## 1

京都に戻ってから、十津川には、妻の直子の行動が、急に分からなくなった。といっても、彼女が、失踪したわけではない。

直子は、後藤久美と金井富美の二人のことが、心配だといって、後藤久美の家の近くにあるホテルに、泊まっている。

今も、同じホテルに泊まっているのだが、昼間の行動が、全く、分からなくなってしまっているのである。

十津川は、別のホテルに、泊まっている。深夜になって帰ってきた、直子に電話をかけ、相原樹里の手紙の要旨を、かいつまんで話して聞かせた。ついでに今まで、どこに行っていたのだと聞いても、今日は、疲れたので、早く眠りたいといって、彼女のほうから、電話を切ってしまう。

そんなことが、ここ三日ほど、続いていたのである。

どういうわけか、今日一日どこで、誰に会って、何をしていたのかを、話そうとしないのだ。

それで、かえって、心配になって、十津川は、後藤久美と、小浜で絵を描いている金井富美の二人に、電話をかけて、直子の様子を聞いてみるのだが、二人とも、同じように、口を揃えて、

「ここ二、三日は、直子には、会っていないので――」

と、いう。

どうやら、直子は、二人には会わず、ほかの人間に、会っているらしいのだが、それが、誰なのか、十津川には、見当がつかないのである。

それでも、直子のことは信用しているので、深くは、追及しなかった。

十津川自身は、京都府警の安田警部と、問題の男、相原剛について調べていた。

二人はまず、仁和寺《にんなじ》の近くにある相原剛の別荘を、訪ねた。

京都生まれの安田警部の話では、京都に住む資産家は、東京の資産家が、軽井沢や、那須《なす》、あるいは、沖縄などの東京から離れた場所に別荘を持つのとは違って、京都府内に、別荘を構えるらしい。

安田のいう通り、仁和寺の周辺には、京都の資産家の別荘が、多かった。それも、一千坪とか、二千坪という広大な敷地を持つ、優雅な別荘ばかりである。

相原剛も、同じように、仁和寺の近くに、敷地一千坪を所有し、そこに、和風の豪華な、別荘を構えていた。

そこに池を作り、その池に、臨むような形で、金閣寺に似せた別荘を、建てていた。

二人が訪ねていくと、相原剛本人が、二階に案内した。

窓を開けると、日本式庭園と、池が見える。池に架かった朱色の橋の上には、アオサギが止まっていた。

アオサギは、じっと、池の面を見つめている。池に泳いでいる魚を、狙っているのかもしれない。

京都府警の安田警部が、相原剛に向かって、まず、

「お嬢さんが、亡くなられたことに、お悔やみを申し上げます。実は、お嬢さんの手記が、見つかって、その中で、十三年前、三条恵美を殺したのは、自分だと告白しているんですが」

と、いった。

「それが本当なら、娘に、あまりにも、自由奔放な生き方をさせてしまった私にも、責任があります」

と、相原が、応える。

「お嬢さんは、何者かに、殺されていたんですが、相原さんに、犯人の心当たりは、ありますか？」

今度は、十津川が、きいた。

「いや、全くありません」

「これは、相原さんの、お友だちにお聞きしたんですが、舞鶴のマリーナに、三十フィートクラスの、クルーザーをお持ちだそうですが、本当ですか？」

と、安田警部が、きく。

「ええ、持っていますよ。もう、十年くらいになりますかね、自分が、乗ることもありますし、私が顧問や役員をやっている会社の、社内レクリエーションの一環として、社員に貸すこともあります」

相原は、急に、顔色を変えて、

「ああ、娘が小浜港の沖合いで、水死体となって発見されたので、私が、クルーザーで、沖まで運んでいって、海に、投げ入れたと、刑事さんは、考えておられるようですな。最愛の娘に対して、そんなことをする父親が、いますか？」

安田警部は、慌てて、

「とんでもない。私たちは、そんなことは、全く考えておりません。相原さんは今、クルーザーをお持ちで、それを、社員に、貸したりすることがあると、おっしゃった。例えば、相原さんから、クルーザーを借りた人間が、樹里さんを舞鶴から小浜まで、クルーザーで運んでいき、撲殺し、海に投げ捨てたのではないかと、考えられませんか」

「そんな人間は、一人も思いあたりませんよ」

「舞鶴のマリーナに、置いてある、そのクルーザーですが、どんなふうに、管理されているんですか？」

十津川が、きいた。

「マリーナのほうで、きちんと、管理していますよ」

「しかし、そこには、何十艇もの、クルーザーが、係留されているわけでしょう？その一艇一艇を、きちんと管理しているのでしょうか？」

「私が契約しているマリーナには、常時、四、五十艇のヨットやクルーザーが、係留されています。たしかに、その、一艇一艇に、管理人が、ついているわけではありません。マリーナ全体を管理する事務所が、あって、そこで常時、一人か二人の管理人が、見回りをしています」

と、相原が、いう。

「亡くなられたお嬢さんは、何をやられていたんですか？」

十津川が、急に話題を変えた。

「私が関わっている会社の一つに、絵画の売買をしたり、若手の、有望な画家の個展を、プロデュースしたりする会社があります。娘は、その会社のアルバイトをしていました。娘は、昔から、絵が好きでしたから」

相原は、その会社の、パンフレットを、持ってきて、二人の刑事に見せた。

京都アートという会社である。娘の友人が、社長を、やっているのだといった。

## 2

相原剛の別荘をあとにすると、次に、二人の刑事は、京都堀川にある、京都アートを訪ねることにした。

京都アートの所在地は、正確にいえば、堀川三条である。新築のビルのワンフロアが、京都アートになっていた。

五十畳ほどの広い部屋には、新人画家の、絵画がたくさん飾ってあり、その一つ一つに、値段がついていた。

社長は、相原樹里の、友人だという、児玉由里子《こだまゆりこ》という女性だった。

「亡くなった相原樹里さんは、ここでアルバイトをやっていたそうですね」

「はい、お金持ちの相原さんのお嬢様ですから、仕事なんかやる必要はないんです。なんでも、お父様から、海外留学でもしなさいと、言われているけど、自分は行く気はないと、言っていました。この店に来て、私たちとおしゃべりして、時間を潰しているのが殆《ほとん》どでした」

社長室の壁にも、額に入った絵画が、飾られている。咲き乱れる、赤と白の椿の絵である。その絵に、十津川は、見覚えがあった。

というより、絵の左下に「K・FUMI」というローマ字のサインが、見えたのである。

どうやら、あの、金井富美の描いた絵らしい。

「この椿の絵は、どうして、向こうの大部屋ではなく、ここに、飾ってあるんですか？」

十津川が、きいた。

児玉由里子は、ニッコリして、

「この絵は、先日、『藤の花賞』という賞を、獲った金井富美さんのものですよ。絵自体は、金井富美さんが、まだ、新人の頃に描いてもらった絵です。賞を獲ってからは、値段が上がってますし、もう、新人ではありませんから、向こうから、こちらに移したんです」

「今、この絵は、いくらぐらいに、なっているんですか？」

「そうですね、最低でも、二百万円はすると思います。賞を獲るまでは、せいぜい十五、六万でしたけど」

と、由里子が、いう。

「ほかにも、金井富美さんの絵は、ここにあるんですか？」

「彼女の絵はあと、三点あります。彼女のお父さんやご主人の描いた絵も、たしか、十点近くあるはずですよ」

「金井富美さんの父親も、たしか日本画家だったんですよね？　かなり有名な、日本画家だったと、聞いていますが？」

「ええ、そうです。金井敬伯《けいはく》といって、なかなか人気のある、日本画家でした。ただ、生活態度が、だらしなくて、お酒や女性に、溺れていたので、いつもお金に困っていたそうで、相原剛先生が、見かねて、資金援助をしていたんです。そのお礼だといって、金井敬伯さんは、何点かの絵を描いて、相原先生のところに、持ってきていたと、私は、聞いています。金井富美さんご夫婦も、昔から金銭的な面倒を見てもらっていたようです。親子二代にわたって、相原先生にお世話になり、足を向けて寝られないほどの恩人だと、常日頃から、言っていました」

児玉由里子は、社長室の隅《すみ》に重ねてあった、絵の中から、冬の金閣寺を描いた日本画を、取り出して、見せてくれた。

雪の金閣寺である。絵は素人の十津川が見ても、かなりうまい絵である。

「この金閣寺の絵を描いた金井敬伯という日本画の画家ですが、たしか、亡くなっていますよね？」

十津川が、きくと、なぜか児玉由里子は、微笑して、

「ええ、亡くなっています。作者が亡くなると、絵の値段は、高くなるものなんですよ。ですから、この絵も、少しずつ値上がりしています。いかがですか、お買いになりませんか？ 今買っておくと、将来、かなり、値上がりすると、思いますけど」

「残念ながら、絵の趣味がありませんので、遠慮させて頂きます」

十津川が、いった。

その後、児玉由里子は、十津川に向かって、

「さっき、警察手帳を、見せていただいたんですが、警視庁捜査一課の十津川さんですね？」

と、きく。

「そうですが」

「十津川さんの奥さんという方も、一昨日、こちらに、いらっしゃいましたよ」

と、いう。

「家内は、何をしに、来たんですか？」

と、十津川が、きいた。

「十津川さんと同じですよ。何でも、奥さんは、日本画家の、金井富美さんのお友だちだということで、彼女と、相原先生の関係を、盛んに、おききになっていました」

「あなたは、何と、答えたんですか？」

「今と同じですよ。金井富美さんは、今や売れっ子の、日本画家になりましたが、お父さんの敬伯さんも、日本画家でした。画家としては、才能があったが、生活が乱れていて、いつもお金に、困っていました。そんなことで、京都の文化に、関心のあった相原先生が、絶えず金井敬伯さんを経済的に、助けていたと、お話ししました。もちろん、金井富美さんご夫婦も、今回の『藤の花賞』受賞までは、相原さんから長い間、多額の援助を受けていたことも」

と、児玉由里子は、いった。

## 3

十津川と安田警部は、京都アートを出ると、今度は、京都府警の車で、舞鶴に、向かった。

相原剛がいっていたように、舞鶴には、かなり大きな、マリーナがあった。大小さまざまな、クルーザーやヨットが、係留されている。

マリーナの入口に、管理事務所があり、そこには、二人の管理人が、常駐していた。

十津川たちは、まず、相原剛の所有しているクルーザーを教えてもらった。

管理人に案内されて、相原剛所有のクルーザーの甲板に上がってみた。

クルーザーの名前は「ＪＵＲＩ」だった。娘の名前を、付けているのだ。

「最近、持ち主の相原さんが、ここに来ませんでしたか？」

と、京都府警の安田が、管理人に、きいた。

「相原先生は、最近は、お見かけしていません。いろいろな役職に、ついておられるようですから、お忙しいんじゃありませんか？」

「相原さん以外の、人が、このクルーザーに、乗りに来たことはありませんか？」

「女性二人が、乗りに来たことが、ありますよ。いや、もう一人男性がいて、あれは、先生の秘書じゃありませんかね。その若い男性が先に来ていましたね。相原先生からも電話があって、知り合いが三人で乗りに行くから、よろしく頼むとおっしゃられました」

「どういう女性たちでしたか？」

十津川が、きいた。

「二人とも、三十半ばくらいですかね。そういえば、一人は、間違いなく、相原先生のお嬢さんでしたよ」

と、管理人が、いう。

「それで、三人は、いつ頃、戻ってきたんですか？」

「それが、分からないのですよ」

「分からないって、どういうことですか？」

「多分、その日の、夜遅くなってから、ここに、戻ってきたと思うんですが、事務所に連絡がなくて、翌朝、元の場所に、係留されているのに気がついたので」

「二人の女性のうちの一人は、相原剛さんの娘さん、相原樹里さんに、間違いないんですね？」

安田警部が、念を押した。

「ええ、間違いありません。前にも、何回か、お目にかかっていますから」

「もう一人の女性ですが、前に、見たことはありますか？」

「いや、ありません」

「年齢は、相原樹里さんと、同じくらいなんですね？」

「ええ、そうですよ。三十半ばくらいじゃないですか」

「その女性の似顔絵を、作りたいのですが、協力していただけますか？」

と、安田警部が、いった。

「協力したいのはやまやまですが、あまり、覚えていないんですよ。相原先生のお嬢さんのほうは、何度も、会っていたし、話をしたこともありましたから、よく覚えています。もう一人の女性は、初めて見た人ですし、それに、なぜか、顔を隠すようにしていたし、帽子を深くかぶっていたので、顔がよく分からないのですよ」

「クルーザーを、誰でも、操縦できるわけじゃないでしょう？　当然、船舶免許が、必要になると思うのですが、三人は、免許を、持っていたんですか？」

「相原先生のお嬢さんは、船舶免許を、お持ちですから、私も安心して、このクルーザーを、お貸ししたんです。ただ、あとの二人が、免許を持っているかどうか分かりません」

「ほかに、このことを、知っている人はいますか？」

「昨日、女の人が来て、いろいろと、きいていきましたよ。今、刑事さんが、きかれたようなことをです」

「どんな女性だったか、覚えていらっしゃいますか？」

「名刺を、もらいました」

管理人は、十津川と、安田警部に、その名刺を、見せた。

十津川は、小さく、ため息を、ついた。その名刺には、警視庁十津川警部秘書という肩書のついた、十津川直子の名前が、あったからである。

4

十津川が、安田警部と別れて、ホテルに戻ると、直子からの、留守電が入っていた。

電話の内容は、簡単なものだった。

「明日午前十時、京都駅の、東舞鶴行きのホームに来てください。辛《つら》い用件なので、その時まで、何もきかないでください」

それだけの内容である。

直子は、冗談が好きだ。しかし、こんな時に、ふざけて、辛い用件などという言葉は、口にしないはずだ。だから、十津川も、その日は、直子に、電話をかけずに、早めに、ベッドに入った。

翌日、京都駅の、指定されたホームに行くと、直子が暗い顔をして、十津川を、待っていた。

とにかく、東舞鶴行きの、電車に乗る。乗ってから直子が、分厚い手紙を、十津川に、渡した。

「これは、コピーなの。この手紙を、私が書いて、ある人に、送っておいたの。その結果を知りたくて、これから小浜に行くんだけど、向こうに着くまでに、その手紙を、読んでおいてもらいたいの」

十津川は、直子にいわれて、席に移動し、その分厚い手紙に、目を、通すことにした。

## 5

「あなたに、こんな手紙を、書きたくはありません。でも、書かないわけには、いかないのです。

五人組の中で、私一人が、東京に行ってしまったために、あなたたち四人のことは、どうしても遠い感じになって、よく分からなかった。そんな中で、知っていることといえば、後藤久美が、結婚して、子どもが、できたということくらいだった。

ところが最近、あなたが、日本画家として、大きな賞を、もらったと聞きました。

私は、これで、あなたが、私たち五人の中での出世頭になったと、思ったんです。

あなたは、大学時代から、絵を習っていました。中でも、椿の花の絵を描くのが、得意だったから、私たちは、あなたに『椿の君』というニックネームをつけて、いました。大学卒業後、あなたは同じ画家志望のご主人と結婚し、清貧な生活を送っていたと聞いていました。

そのあなたが、今回、賞をもらって、大きく開花した。

あなたは、私たちの大きな誇りだと思って、久しぶりに京都に行って、全員でおめでとうのパーティを開くことにしたんだけど、突然、五人の中の一人、三原敏子が、東京で殺されてしまった。

少しして今度は、京都の新京極通りで、ご主人と一緒に、骨董の店をやっていた花村亜紀が、殺されてしまった。理由が全く分からないので、ひょっとすると、椿のたたりではないかと思ったりしました。

何しろ大学時代の仲間が、続けて二人も殺されてしまった。それも、あなたが、大きな賞をもらって、画家として、一人前になった、そのおめでたい時に、続けて二人も、殺されてしまうなんてと、正直、私は、気味が、悪くなりました。

でも、これは、単なる偶然だろうと、思っていました。

それに、肝心のあなたが、秋の個展に発表するための大作を、わざわざ、小浜まで行って描いていると聞いて、ああ、やっぱり、これは、偶然なのだと、私は、思いました。私たちの友人が続けて殺される理由なんかないから。

でも、私の主人は、警視庁の刑事で、東京で起きた、三原敏子の殺人事件の捜査のために、京都に行くことになり、私も、彼女の死体の第一発見者で、なおかつ古い友だちだということで、自然に、今回の事件に、首を突っ込むようになってしまったんです。

何といっても、私たちが、卒業した京都の、大学五人組の、仲間の事件ですものね。私も必死で、学校時代のことを、主人に話をしたり、自分でも思い出したりして、何とか、二人の友人を殺した犯人を、捕まえたいと、思ったのです。

最初に、思い出したのが、大学三年生の時に行なわれた、学園祭です。当然、私たちの憧れだった、四年生の三条恵美さんのことも、思い出しました。

彼女は、美人で聡明で、下級生全員の、憧れの的だった。

その三条恵美さんは、十三年前、学園祭が終わった後に、突然、ビルの屋上から、身を投げて死んでしまいました。『ごめんなさい。ご期待に応えられなくて、お詫びのしようもありません』という、遺書というには、あまりにも、簡単なメモを残して、彼女は、死んでしまった。私たちは、みんな呆然として彼女の死に、不審を感じたのです。

それなのに、警察では、短いメモを、遺書と考えて、三条恵美さんは、自殺ということで、終わってしまいました。

でも、あの自殺は、何か、おかしいという声が、当時の、私たちの間でも、ささやかれていたのは、あなたも知っているはずです。

十三年後の今になって、私は、三条恵美さんの死が、今回の三原敏子と、花村亜紀の殺人事件と、繋がっているのではないかと、そんなふうに、思うようになりました。

でも、どう、繋がるのかが、分からなくて、私は、必死で、調べたし、考えました。

同時に、大学時代のことが鮮明に思い出されてきた。

その一つが、私たち五人組にライバルがいて、そのリーダーは、相原樹里という背の高い、同級生だった。この相原樹里が、十三年前に、三条恵美を自殺に見せかけて、殺したのではないかと、考えるように、なりました。

相原樹里は、身長百七十三センチで、背が高くて力も、ありそうだから、三条恵美さんを、東山のビルの、屋上から突き落とすことだって、できたに違いない。私は、そう思ったのです。

問題は『ごめんなさい……』という遺書めいたメモで、それを、どう、解釈したらいいのか、あれこれ考えました。

考えた末に、気がついたのは、相原樹里のお父さんが、京都では有数の資産家の相原剛であり、いくつもの会社に影響力を、持っているということでした。

その上、相原氏は旧家の出身で、政治家にも実業家にも、あるいは、お寺さんにも親しく、力を、持っていました。

そこから、十三年前の事件の動機を、私は、発見したのです。

十三年前、相原剛の、肝いりで、制作費二十億円の、映画が、徳川慶喜を主人公にして作られることになって、そのヒロインが、一般から、募集されました。

私が、調べたところ、その時、二十億円を出すスポンサーや監督の間では、そのヒロインには、三条恵美さんを、抜擢することに、半ば決まっていたらしいのです。

ところが、京都で、力を持っている相原剛は、自分の娘、相原樹里に、そのヒロイン役をやらせたいと考えて、三条恵美さんに、ヒロイン役を、辞退するように、圧力をかけたのではないかと、私は、考えたんです。当時の、相原樹里のグループの一人であった女性から、相原樹里が『私の父が出資する映画に、ヒロインとして出演するのよ』と、自慢していたことを聞き出しました。『自分を無視した三条恵美に対する復讐』だとも言っていたそうよ。

三条恵美さんには、ヒロイン役を辞退する気は、なかった。でも、相原剛という、京都で、力を持っている人間は、怖かったと思うの。

だから、相原剛に宛てて、『ごめんなさい……』と書いて、送ったのではないかと、私は、思ったのです。つまり、相原剛に向かって、辞退することはできないので、ごめんなさいという意味だったと、私は思うのよ。もちろん、『ごめんなさい……』に続く文章があったはずだけど、彼女を、十階のビルの屋上から突き落として殺した犯人は、彼女が書いた手紙の『ごめんなさい……』というところだけを、利用して、強引に、三条恵美さんの死を、自殺に仕立てあげてしまったんだと、私は考えたの。

普通なら、事件は、それで、終わっていたはずだし、警察だって、三条恵美さんの死は、自殺で、片付けてしまったんだから、どうして、十三年後の今になって、蘇《よみがえ》ったのか、そのことを、京都に、来てからずっと考え続けた末に、あなたに、突き当たったのよ。

正確にいえば、あなたにではなくて、あなたのお父さんに。あなたが、大きな賞をもらって、脚光を、浴びるようになったために、皮肉な話だけど、十三年前の事件が、またぶり返してきてしまったのだと、私は、考えたの。

あなたのお父さん、金井敬伯さんも、日本画家だった。それなりに、人気のある画家だったのに、生活が乱れていて、いつも、お酒と女に溺れて、借金ばかり、作っていた。

普通なら、金井敬伯さんは、人生の敗残者として自殺していたかもしれないという人もいた。

でも、そんな、金井敬伯さんを助けた人がいた。それが、相原樹里の、お父さんで、京都での、実力者といわれる、相原剛だった。でも、相原剛は、ただ善意で、助けたわけじゃなかった。

そこで、私は、今度はあなたのお父さん、金井敬伯という日本画家について、調べてみたのです。

ごめんなさいね。調べてみると金井敬伯という人は、お酒と女に溺れて、絵がほとんど、描けなくなってしまい、そのため借金ばかりが大きくなって、そのたびに、相原剛に、助けられた。金井敬伯さんは、二年前に、亡くなっているけど、調べてみると、山陰の海に、身を投じて自殺したことになっている。でも、自殺したという証拠はないと、新聞には書かれていた。それで、私は、勝手な想像で、こんなふうに考えてみたの。

人生の敗残者のような、あなたのお父さん、金井敬伯さんは、画家として、一流の腕を持っていたのに、自堕落な生活のために、相原剛から、いつも、経済的な、援助をしてもらっていた。そのお陰で、何とか、一人娘のあなたを育て、一人前の日本画家にした。

そんな負い目を持っている、金井敬伯さんは、相原剛から頼まれて、十三年前に、三条恵美を、ビルの屋上から、突き落とそうとしたのではないだろうか？

その後、あなたの、お父さんは、自責の念から、自ら、命を絶ったのではないのだろうか？

そのため、お父さんが、作ってしまった借金は、そのまま、あなたに、降りかかってきた。それを助けたのも、相原剛じゃなかったのかしら？　あなたのご主人も、あなたと同じ画家だけれども、失礼ながら、あなた以上に無名の存在だったから、何の助けにもならなかった。

つまり、あなたは、大変な借りを、相原剛に作ってしまった。違うかしら？

十津川が、十三年前の事件について、調べたところ、三条恵美さんが死んだ日の前日に、あなたのお父さんの、金井敬伯さんは、自分で運転する軽自動車を、電柱に激突させ、負傷して、入院していたことが、分かった。

念のために、私は、当時の、新聞を見てみたら、その日、広い道路で、対向車や人間を、避けたというわけではなく、まるで自分から電柱に、ぶつかっていったような、何とも不思議な事故だと、書いてあった。

たぶん、あなたのお父さんは、相原剛から、三条恵美さんを、殺すように命令されていたんだと思う。あなたのお父さんは、相原剛から、多額の借金をしていたし、絵も買ってもらっていたから、相原剛の命令は、絶対だったと思うけど、さすがに、人殺しはできなかったんだと思う。でも、断ることもできなくて、切羽詰まって、自分で、軽自動車を運転して、コンクリートの電柱にわざとぶつけて、負傷してしまった。あるいは、自殺するつもりだったのかもしれない。

とにかく、あなたの、お父さんは、重傷を負って、入院してしまった。当分の間、相原の命令を実行できなくなった。しかし、三条恵美さんは、翌日に、ビルの屋上から、転落して死んでしまっているのよ。

だとすると、あなたのお父さんの代わりに、三条恵美さんを殺した人間が、いるということになってくるわ。

いったい、誰だろうかと、考えてみた。

簡単に、容疑者が、見つかった。

それは、相原剛の娘の、相原樹里です。彼女は、憧れていた三条恵美に冷たくされ、復讐心に燃えていた。しかも、彼女ならば、三条恵美さんが、死ねば、自分に、問題の映画の、ヒロイン役が転がり込んでくる。立派な動機の、持ち主だということになってくるわ。

それに、相原樹里は、身長百七十三センチ、運動神経がいいと、聞いているから、東山の、雑居ビルの屋上から、三条恵美さんを、突き落とすことは簡単だったと思うの。もしかすると、あなたやあなたのご主人が、相原樹里の犯行を、手伝っていたのかもしれない。これからも、相原剛の援助を引き出すために、娘の殺人の手助けをする。そして、それとなく、相原剛に娘の樹里が殺人犯であり、自分たち夫婦も手伝ったことを、ほのめかしたんだわ。

私の、この考えは、まず、間違いないだろうと思っているし、父親の相原剛も、一人娘の樹里が、三条恵美さんを殺したことに、うすうす勘づき、気が動転したに違いない。

そのことが、父親としての、相原剛の大きな悩みになって、ずっと、続いていると、私は、思った。

ただ、相原剛にとって、幸いだったのは、三条恵美さんの死は、警察によって、自殺で処理されたので、娘の樹里が、警察から、追及されることが、なかったことだと思う。そして、あなたたち夫婦も、相原剛から、なにかと面倒を見てもらっていたのだと思うわ。あなたが『藤の花賞』を受賞したのも、相原が裏で尽力してくれたからじゃない？

それが、事件から、十三年後の今になって、あの事件が、蘇ってきた。その引き金になったのは、椿の花だったと、私は、思っている。

私は、幸か不幸か、東京に、移ってしまったので、毎年、椿の花が咲く頃になっても、例の奇妙な椿の花のことを、思い出すことは、殆どなかった。しかし、京都に、ずっと続けて住んでいるあなたたちは、椿の咲く季節になると、きっと、あの奇妙な椿の花のことを、思い出し、大学時代の学園祭のこと、最後には、自分たちの、憧れの的だった三条恵美さんが、死んだことを、思い出していたのではないかと思うの。

特に、三条恵美さんを殺した相原樹里は、毎年、椿の花が、咲く頃になると、つねに、自責の念にかられていたに、違いないわ。

もちろん、父親の相原剛も。

そして、花村亜紀や、後藤久美、三原敏子たちも、毎年、椿の花が、咲く頃になると、十三年前の事件について、考えたり、集まって、おしゃべりをしていたのではないかと、私は、思っているの。

これも、私の想像だけど、あなたやご主人、あなたの亡くなった、お父さんが、相原樹里の父親、相原剛から、経済的な援助を受けていることや、時には、あれこれ指示・命令されていることも、花村亜紀たちは、うすうす気づいていたのではないかと、思うの。

ただ、その場合でも、花村亜紀や、後藤久美、三原敏子の、疑いや批判の目は、どうしても親友である、あなたではなく、相原樹里や、彼女の父親に、向けられていたのではないかと、私は、思う。それは、私が、花村亜紀たちの立場に立っていたら、同じように、考えると思うからなの。

それで、相原樹里も、父親の相原剛も、あなたもそうした彼女たちの動きに、次第に、不安になってきたんじゃないかしら？

ほかの三人が、相原樹里が、三条恵美さんを殺したのではないかという、疑いの目を持って調べ直したりしたら、真相に、気がついてしまうのではないかと、心配に、なったんだと、私は、思う。

特に、京都の有力者の相原剛にしてみれば、自分の娘が、殺人容疑で、警察に捕まるようなことにでもなったら、今まで、築いてきた全ての地位を失うことになりかねないと思っていたはずだわ。

そんな時に、あなたは、椿の花と、比丘尼を描いた絵で、大きな賞を、受賞した。私なんかは、無邪気に、喜んだ。

でも、花村亜紀や、三原敏子たちは、違っていたんだと思うわ。それに、あなたが貰った、『京都藤の花賞』という賞のスポンサーが、相原剛だと分かってきた。

花村亜紀や、三原敏子は、賞のスポンサーが、相原剛だと知って、なおさら、疑いの目を持つようになった。花村亜紀や、三原敏子の疑いの目は、あなたにも向けられるようになったけど、それ以上に、相原樹里や、相原剛に、向けられた。そうなると、一番危機感を持ったのは、相原剛だったに違いないわ。

相原自身は、誰も、殺していないけど、娘の樹里が、十三年前に、三条恵美さんを、殺している。樹里は、その後の十三年間、良心の呵責にさいなまれて、父親の相原剛に『自首したい』と訴えていた。だが、父親の剛は、それを許さなかった。

だから、娘の樹里のことを、何とかしないと、自分まで、せっかく築いた、京都での地位や名声、全てを失ってしまう。それはなんとしても、阻止しなければならない。そこで、相原剛は、何とか、理由をつけて、娘の樹里を、しばらくの間、海外に行かせようとしたと思う。それがいちばん、無難な方法ですものね。しかし、父親のそのやり方に、相原樹里は反発して、海外への逃亡を、承知しなかったと思うわ。そうなれば、実の娘だが、自分の力で何とかしなければならなくなった。

そうしている間にも、花村亜紀や、三原敏子は、一層、相原親子に、疑いの目を向けてきたんだと思う。

そこで、相原剛は、まず、三原敏子の口封じを考えたに違いない。その仕事を、あなたにやらせたんじゃないの？　家具輸入商の三原敏子は、資金繰りに困っていた。だから、自分で調べ、相原樹里による三条恵美殺しの真相をネタに、相原剛を脅迫し、多額の金品を要求したんだわ。敏子が、頻繁に、相原剛に会っていたことは、夫の調べで判明しているのよ。この三原敏子殺しは、あなたが相原剛に命令されて、実行したのでしょう。そして、花村亜紀夫婦も、疑心暗鬼になった相原剛が、やはりあなたに殺すように命令したのだと思う。もちろん、あなたひとりじゃできないわ。当然、男の手が必要よね。それがあなたのご主人でしょう。ご主人が骨董を売りたいと花村夫婦を呼び出し、青酸カリを飲ませて殺害した。そして、あなたとご主人は、協力して、花村夫婦を嵯峨野の池のボートに乗せたんだわ。

私が小浜線の車中で襲われたのも、あなたの仕業だと思うわ。私の後ろの席に座っていた女性、あとで考えたら、まさにあなただったわ。私が座席に座ろうとした時、あなたの頭が見えたの。その時、どっかで見た髪形だと、感じたのよ。

あなたは、なぜ、友だちを、殺すような、恐ろしいことを、引き受けたのか？

たぶん、あなたも、相原剛の命令を拒否した時に、自分が、何もかも失ってしまうことが、怖かったんじゃないの？

あなたのお父さんの作った、莫大な借金も、相原剛は、あなたに請求して来るだろうし、せっかく手にした、『京都藤の花賞』も、取り上げてしまうに、違いない。そんなことが、あなたには、怖かったんでしょう？

それに、亡くなった、父親のことや、ご主人のことだって、どんなふうに、いわれるか分からない。そこで、あなたは、友だちの三原敏子を、東京のホテルで、殺したのね。

この事件では、被害者の、三原敏子が、犯人を、部屋に招じ入れています。

まさか親友が、自分を殺しにホテルにやって来たとは、少しも、思っていなかった。それに、三原敏子も、あなたの受賞に、一言、おめでとうをいいたかったから、あなたを、部屋に招じ入れた。他に考えようがないわ。

それなのに、あなたは、三原敏子を、刺殺した。そうなると、人間は、不思議なものので、次の犯行が、それほど、怖くはなくなるし、ためらいも、なくなってくるんだと思う。

そこで、あなたは、次には、花村亜紀を、彼女の夫と一緒に、殺した。この時も、花村亜紀も、彼女の夫も、あなたが、まさか、自分たちを、殺すとは、少しも、思っていなかったに違いない。逆にいえば、殺すのは簡単だったんじゃないの？

あなたが、四人目に殺したのは、相原樹里だと、私は、思っている。

相原樹里は、父親の、相原剛にとって、いったい、どんな、存在だったのだろうか？

たぶん、最初は、自慢の娘だったに違いない。美人だし、それに、頭も、よかったから。

しかし、彼女は、十三年前に、三条恵美さんを殺してしまった。そうなると、相原剛にとって、いつ、爆発するか分からない、爆弾と同じになってきたんだと思う。

自分を、守るために、そしてなにより、何百年も続いた家の名声を守るために、可哀相だが、一人娘の、樹里には、死んでもらわなければならない。

そのほうが、娘にとっても幸せなのだと、相原剛は、考えたに違いないのです。

そこで、あなたに、指示して、相原樹里を殺させようと思った。

ただ、相原剛は、あなた一人に、娘を殺してくれと、頼んだのではないと、思っている。何しろ、相原樹里は、百七十三センチの長身で、体力があり、運動神経も、あるので、小柄なあなたが、相原樹里を、殺すことは、難しいだろうと、相原剛は、考えて、あなたには、樹里を舞鶴に誘い出させる。舞鶴には、たぶん、相原剛が、信頼している秘書か、あるいは、あなたのご主人を、先に行かせ、あなたを、手伝わせたのではないかしら？

あなたと、その男の、二人に、樹里を、殺させ、海に、投棄するように指示したと思う。

本来なら、これで全てが、闇から闇に葬られてしまい、相原剛は、安心できるはずだった。

ただ、三原敏子を、東京のホテルで、殺してしまったので、当然のことながら、警視庁から、刑事がやって来てしまった。

おまけに、私も夫と一緒に、京都に、やって来ました。

そのため、事件が、曖昧《あいまい》なままに、収束するという期待が、消えてしまった。

相原剛にとっても、あなたにとっても、困った事態に、なってきたことを、意味していた。

五人組の一人の後藤久美は、たしかに、花村亜紀や、三原敏子と同じように、疑いを持っていたかもしれないけれど、彼女は結婚して、子どもがいたし、特別、お金に困ることもなく、それなりに生活もできていたから、相原剛に無心することもなかった。もう一つ、子どものためなら、どこかで、妥協するだろうという思いも、あったから、あなたにとっては、それほど、脅威では、なかったはずです。

それに、比べて、刑事の妻の私は次第に、あなたの脅威に、なってきたんじゃないの？

最初の頃の私は、花村亜紀や、三原敏子が殺されてしまったので、残りの二人、あなたと、後藤久美のことが、心配で、あなたを、自宅に訪ねていったり、あなたが、絵を描いている小浜に、行ったりしていた。

わずかの疑いを持っては、いたけど、あなたが、三原敏子や、花村亜紀に続いて、殺されてしまうのではないか？　そういう、心配があったから、あなたを訪ねていったりしていた。

それが、あなたにとって、自分に、疑いの目が、向けられているのではないかという不安に、なったのだと、今になると、考えてしまう。

そこで、あなたは、小浜線の車内で、いきなり、私を殴った。殺すつもりだったとは、思わないし、思いたくも、ありません。

たぶん、あなたは、私に、警告を与えようと、したんでしょう？　これ以上、事件に、首を突っ込むと、怖いことに、なる。その警告を与えようとして、小浜線の中で、私の、後頭部を殴りつけたんだと、私は、思っています。

私は、救急車で運ばれて入院したけど、そこで初めて、あなたに対して、強い、疑惑を持つことになりました。

私は、記憶を失ったと言って、あなたを、安心させておいてから、いろいろと、調べてみた。十三年前のこと、あなたのご主人やお父さんの金井敬伯のこと、三条恵美さんのこと、相原樹里のこと、父親で、京都の実力者の相原剛のこと。それを全て、徹底的に調べたかったのです」

6

十津川と直子は、東舞鶴駅で、降り、小浜線の、普通列車に乗りかえた。

十津川は、直子が書いた、手紙のコピーを、読み終わって、

「君は、ここに、書いたことを、真実だと思っているのか？」

と、きいた。

「証拠はないけど、間違ってはいないと、思っているわ」

「それで、これから、小浜に行って、金井富美に、会うつもりなんだろう？」

「もちろん、そうするつもりよ。ただ、その前に、私の気持ちを、彼女に、伝えておきたかった。本物の手紙は、今日の午前中には届いているはずだから、多分、今頃、彼女は、読み終わっただろうと、思っているわ」

「この手紙を、金井富美が否定したらどうするんだ？」

「否定はしないと思ってる。たしかに、私が書いたことは、何の証拠もないけど、間違ったことは、書いてない。そのくらいの自信は、あるの。だから、彼女に、誠実な心が残っていれば、このあと、小浜で会った時、彼女は、私が手紙に書いたことを、この通りだと、肯《うなず》いてくれるはずだわ」

と、直子が、いった。

時間が経ち、次は、終点の、小浜というところまで、来た。

直子は、ぼんやりと、窓の外に、目をやっている。それを見て、十津川が、

「元気がないね。金井富美と、会うのが、怖くなったんじゃないのか？」

「自分の気持ちが、分からなくなって、きているの」

直子が、窓の外を見たまま、いった。

「今までは、私が書いたことを、富美が、素直に、この通りよといってくれれば嬉しいと、思っていたんだけど、何だか急に、彼女が、全て、否定してくれたほうが嬉しいと、思うように、なってきているの」

その時、突然、二人の乗った一両編成の電車に、急ブレーキがかかった。

「ちょっと見てくる」

そういって、十津川は、運転席に向かって、走っていった。

十津川は、運転席から、前方を見つめ、運転士に、話を聞いてから、戻ってきた。

電車は、なかなか、発車しようとしない。

近くの席にいた、中年の男が、運転席に歩いていき、そこで、何か怒鳴っていた。よく聞くと、

「急ぎの用事があるんだ。ドアを開けてくれ。ここからは、駅まで、歩いていく」

と、大きな声を、出しているのである。

たしかに、電車は小浜駅の、すぐそこまで来て、停まっているのだ。

「私も、何が、あったのか、見てくるわ」

直子は、座席から、立ち上がった。

十津川は、その体を、押さえつけるようにして、

「君は、ここに、いたほうがいい」

直子は、十津川に、腕を、つかまれたまま、

「やっぱり、何かあったのね？」

「ああ、そうだ」

「もしかして、飛び込み自殺じゃないの？　それも、女性の」

直子が、きいても、十津川は、何もいわずに黙っている。

「やっぱり、そうなのね。亡くなったのは、私の友だちじゃないの？」

「そんなことは、考えないほうが、いい」

一時間近く、かかってから、やっと、電車が、動き出した。

すぐ、小浜駅の、ホームに入る。ドアが開くと同時に、直子は、ホームに、飛び降りて、そこにいた駅員を捕まえて、

「何が、あったのか、教えてください。若い女性が、あの電車に、飛び込んだのでしょう？　そうなんでしょう？」

直子は、早口で、せいている。

十津川が、その直子に、声をかける。

「駅員さんも、分からないんだよ。とにかく、駅から出て、小浜の、警察に行けば、何か分かるはずだよ。私も一緒に行くよ」

それでも、直子は、すぐには、動こうとはしなかった。なおもしつこく、駅員に食い下がっている。

「やっぱり、飛び込み自殺があったのね？　そうなんでしょう？　死んだのは、若い女性なんでしょう？」

駅員は、困ったように、

「私には、詳しいことは、分かりません。警察で、聞いてください」

と、いっている。

「でも、人身事故だということは、分かっているんでしょう？　飛び込んだのが、どんな人なのかくらいは、分かるはずでしょう？」

「それは、駅長にでも聞いてください。僕には、何も、いえません」

若い駅員が、逃げて行った。

「とにかく、小浜の警察に行こう。そのほうが、話が早いよ。そこに行けば、どんな事故が、あったのか、詳細が、分かるはずだ」

十津川は、直子の体を抱えるようにして、改札口から、外に出た。

そのまま、タクシーを拾い、小浜警察署に急行した。

小浜警察署にも、まだ、事故の詳細は、入っていなかった。ただ、そのうちに、どんどん情報が、入ってくる。

小浜駅の手前百メートルのところで、人身事故が発生。飛び込んだのは、若い女性で、遺書が、見つかった。

その遺書が、小浜警察署に、届けられた。

署長が、黙って、その遺書を、十津川に渡した。

十津川はすぐ、差出人の名前を、確認した。

「小浜にて。金井富美」

と、ある。

「あなたの指摘通り、それが全てです。父をはじめ、私たち夫婦は、相原剛の手のひらの上で、動かされていたのです。相原の支配から逃れることは、できなかったのです。唯々諾々として、彼の命令を実行するしか、なかった。はじめて賞を貰って、名誉を失いたくなかったのも、理由のひとつです。ようやく、どん底から、はい上がることができると思うと、相原の命令を拒否する勇気はありませんでした。私は三原敏子を殺そうと思って、五月十二日の夜、マンションを訪ねたところ、留守でした。管理人には花村と名乗りました。管理人から、敏子がインドネシアに行っていることを、聞きました。そこで彼女の携帯に電話して、予定より一日早く帰国し、東京のMホテルに泊まることを、知ったのです。私は当日、新幹線で上京し、彼女と会い、殺しました。三原敏子を殺したホテルに、椿の花を届けさせたのは、私です。『六人目の比丘尼』と書いたのは、三条恵美さんが事件に関係していると、暗示したものです。白い椿は、私たち五人のグループ、赤い椿は、三条恵美さんを喩《たと》えたのです。全ては、あの十三年前の学園祭の芝居が発端になったからです。鎮魂の意味も込め、最後の別れに花を送ったつもりだったのですが、その椿の花が部屋に届いていなかったのは、残念なことでした。また、花村亜紀の殺害は、三原敏子の脅しに驚愕した相原が、花村夫婦も当然、三条恵美殺しの真相を知っていると、疑いだし、私に花村夫婦を殺すように命令してきたのです。私は夫に手伝ってもらって、夫婦をおびき出し、青酸カリを飲ませて殺しました。池に放置したのは、水面にきらめく月明かりを身に纏《まと》って旅立って欲しいという、私のせめてもの餞《はなむけ》でした。亜紀の胸の赤い椿は、あの世で、三条恵美さんに会いなさいという、願いを込めたものです。あなたを小浜線の車中で、襲ったのも、私です。近いうちに、私を訪ねてくるという電話をもらったあとで、私は夫にあなたを監視させていました。あなたは一連の事件の真相を、知って、私に会いにくるのだと、思いました。あの日、『特急まいづる3号』に乗ったという、夫からの報告がありました。ですから、私は東舞鶴駅で待ち伏せしていて、普通電車に乗り換えた、あなたを背後から、スパナで殴りました。もちろん、殺すつもりなど、ありませんでした。怪我をして、入院してくれれば、事件の追及もできないだろうと、単純に考えていたのです。最後に、私の夫は、私に泣きつかれて、犯行を手伝っただけなのです。悪いのは相原剛と私です」

十津川は黙って、その遺書を、直子に、渡した。

その遺書を、直子が、読み終わるまで、十津川は、黙って腕を組み、彼女の様子を見つめた。

突然、直子が、泣き出した。

「私が殺したみたいなものだわ」

と、つぶやいている。

十津川は、直子が、机の上に、投げ出した遺書を、もう一度手に取って、目を、通した。

遺書の最後に、書かれていたのは、十津川が、想像していた言葉だった。

直子が、手紙に書いたことを、全て、金井富美は、素直に、認めていた。

金井富美は、全てその通りだと記し、最後に、三条恵美が残した手紙に、書いていた「ごめんなさい……」と全く同じ言葉が、書かれてあった。

二〇一四年十二月集英社文庫刊

本作品はフィクションであり、実在の個人
および団体とは一切関係ありません。
（編集部）

## 実業之日本社文庫　好評既刊

西村京太郎
十津川警部　赤と白のメロディ
闇献金疑惑で首相逮捕か!?　「君は飯島町を知っているか」というパソコンに現れた謎のメッセージを追って、十津川警部が伊那路を走る！（解説・郷原 宏）
に１６

西村京太郎
帰らざる街、小樽よ
小樽の新聞社の東京支社長、そして下町の飲み屋の女が殺された二つの事件の背後に男の影が――十津川警部は手がかりを求め小樽へ！（解説・細谷正充）
に１７

西村京太郎
十津川警部　西武新宿線の死角
高田馬場駅で女性刺殺、北陸本線で特急サンダーバード脱線。西本刑事の友人が犯人と目されるが……十津川警部、渾身の捜査！（解説・香山二三郎）
に１８

西村京太郎
十津川警部捜査行　東海道殺人エクスプレス
運河の見える駅で彼女は何を見たのか――十津川警部が悲劇の恨みを晴らす！　東海道をめぐる5つの殺人事件簿。傑作短編集。（解説・山前 譲）
に１９

西村京太郎
十津川警部　わが屍に旗を立てよ
喫茶店「風林火山」で殺されていた女と「風が殺した」の文字の謎。武田信玄と事件の関わりは？　傑作トラベルミステリー！（解説・小梛治宣）
に１10

# 実業之日本社文庫　好評既刊

西村京太郎
**私が愛した高山本線**
古い家並の飛騨高山から風の盆の八尾へ。連続殺人事件の解決のため、十津川警部の推理の旅がはじまる！長編トラベルミステリー（解説・山前 譲）
に1 11

西村京太郎
**十津川警部 東北新幹線「はやぶさ」の客**
豪華車両は殺意の棺!? 東京と青森を繋ぐ東北新幹線のグランクラスで、男が不審な死を遂げた。事件の裏には政界の闇が――？（解説・香山二三郎）
に1 12

西村京太郎
**十津川警部捜査行 北国の愛、北国の死**
疾走する函館発「特急おおぞら3号」が、札幌で発生した女性殺害事件の鍵を運ぶ……鉄壁のアリバイを打ち崩せ！大人気トラベルミステリー。（解説・山前 譲）
に1 13

西村京太郎
**十津川警部捜査行 日本縦断殺意の軌跡**
新人歌手の不可解な死に隠された真相を探るため十津川班の日下刑事らが北海道へ飛ぶが、そこには謎の墓標が。傑作トラベルミステリー集。（解説・山前 譲）
に1 14

西村京太郎
**十津川警部捜査行 伊豆箱根事件簿**
箱根登山鉄道の「あじさい電車」の車窓から見つけた女は胸を撃たれ――伊豆と箱根を舞台に十津川警部が事件に挑むトラベルミステリー集！（解説・山前 譲）
に1 15

# 実業之日本社文庫　好評既刊

西村京太郎
十津川警部　八月十四日夜の殺人
十年ごとに起きる「八月十五日の殺人」の真相とは！　謎を解く鍵は終戦記念日にある？　知られざる歴史の闇に十津川警部が挑む！（解説・郷原 宏）
に116

西村京太郎
十津川警部捜査行　阿蘇・鹿児島殺意の車窓
日本最南端の駅・鹿児島県の西大山駅で十津川警部の同僚刑事が殺された。捜査を始めた十津川に思わぬ妨害が…傑作トラベルミステリー集！（解説・山前 譲）
に117

西村京太郎
十津川警部　北陸新幹線殺人事件
北陸新幹線開業日の一番列車でなぜ男は狙われたのか──手がかりは太平洋戦争の戦地からの手紙に!?　十津川警部、金沢&マニラへ！（解説・小梛治宣）
に118

西村京太郎
十津川警部捜査行　北の欲望　南の殺意
殺されたOLは魔性の女!?　彼女の過去に手がかりを求め、三田村刑事が岩手県花巻に向かうが……十津川班が奮闘する傑作ミステリー集！（解説・山前譲）
に119

西村京太郎
十津川警部捜査行　車窓に流れる殺意の風景
女占い師が特急列車事故が起きると恐ろしい予言をした。十津川警部が占い師の周辺を調べると怪しい人物が…傑作トラベル・ミステリー集。（解説・山前 譲）
に120

# 実業之日本社文庫　好評既刊

**西村京太郎**
## 若狭・城崎殺人ルート

天橋立行きの特急爆破事件は、美由紀が店で出会った男が犯人なのか？　疑いをもつ彼女のもとに十津川班が訪れ…緊迫のトラベルミステリー。（解説・山前　譲）

に1 21

**西村京太郎**
## 札沼線の愛と死　新十津川町を行く

殺人現場の雪の上には、血で十字のマークが。さらに十津川警部に謎の招待状!?　捜査で北海道新十津川町へ飛ぶが、現地は魔法使いの噂が!?（解説・山前譲）

に1 22

**西村京太郎**
## 二つ《ダブル》の首相暗殺計画

総理大臣が入院している大病院の看護師殺人事件の裏に潜む、恐るべき陰謀とは!?　十津川警部が秘められた歴史と事件の扉をこじ開ける！（解説・山前　譲）

に1 23

**西村京太郎**
## 十津川警部捜査行　愛と幻影の谷川特急

編集部に人気作家から新作の原稿が届いたが、作家はその小説は書いていないという。数日後、彼は死体で発見され…関東地方を舞台にした傑作ミステリー集！

に1 24

**西村京太郎**
## 十津川警部　出雲伝説と木次線

スサノオの神社を潰せ。さもなくば人質は全員死ぬ！奥出雲の神話の里を走るトロッコ列車がトレインジャックされた。犯人が出した要求は!?（解説／山前　譲）

に1 25

# 実業之日本社文庫　好評既刊

西村京太郎
## 十津川警部捜査行　東海特急殺しのダイヤ
犯行時刻、容疑者は飯田線に乗っていた⁉　十津川警部が崩す鉄壁のアリバイ！　名古屋、静岡、伊勢路など東海地方が舞台のミステリー集。（解説・山前　譲）
に126

西村京太郎
## 十津川警部　怒りと悲しみのしなの鉄道
軽井沢、上田、小諸、別所温泉……警視総監が狙われた列車爆破事件の再捜査を要求された十津川警部は、わずか一週間で真実に迫れるのか⁉（解説・山前　譲）
に127

内田康夫
## 砂冥宮
忘れられた闘いの地で、男は忽然と消えた――。死の真相に近づくため、浅見光彦は三浦半島から金沢へ。待望の初文庫化！　著者自身による解説つき。

う12

内田康夫
## しまなみ幻想
しまなみ海道に架かる橋から飛び降りた母の死に疑問を抱く少女とともに、浅見光彦は真相究明に乗り出すが……。美しい島と海が舞台の傑作旅情ミステリー！

う15

梓　林太郎
## 天城越え殺人事件　私立探偵・小仏太郎
伊豆・修善寺にある旅館で働く謎の美女は何者？　身元調べを依頼された小仏だが、女の祖父が五年前に殺されていたことを知り――傑作トラベルミステリー。

あ315

実業之日本社文庫 に1 28

十津川《とつがわ》警部《けいぶ》　小浜線《おばません》に椿咲《つばきさ》く頃《ころ》、貴女《あなた》は死《し》んだ

2023年4月15日　初版第1刷発行

著　者　西村京《にしむらきょう》太郎《たろう》

発行者　岩野裕一
発行所　株式会社実業之日本社
〒107-0062　東京都港区南青山5-4-30
emergence aoyama complex 3F
電話［編集］03(6809)0473［販売］03(6809)0495
ホームページ　https://www.j-n.co.jp/
印刷所　大日本印刷株式会社
製本所　大日本印刷株式会社

フォーマットデザイン　鈴木正道（Suzuki Design）


ISBN978-4-408-55802-8（第二文芸）